Ibubesi – der Löwenjäger

Die ersten 52 Wochen unseres Rhodesian Ridgeback in seinem neuen Domizil

Gerhard Murza

Ibubesi – der Löwenjäger

Die ersten 52 Wochen unseres Rhodesian Ridgeback in seinem neuen Domizil

Autor: Gerhard Murza

1. Auflage 2012
Verlag: tredition GmbH, Mittelweg 177, 20148 Hamburg
Printed in Germany
ISBN: 978-3-8472-8583-0

Bibliografische Information der Deutschen Nationalbibliothek:
Die Deutsche Nationalbibliothek verzeichnet diese Publikation in der Deutschen Nationalbibliografie; detaillierte bibliografische Da-ten sind im Internet über http://dnb.d-nb.de abrufbar.

Inhaltsverzeichnis

Prolog

Ibubesi ist der Mittelpunkt in dieser Sammlung von Geschichten. Ibubesi soll ein afrikanischer Name sein und „Löwe" bedeuten. Wir sagen zu Ibubesi nur Ibu. Wenn der „Rufname" länger wäre, bräuchte er sicherlich auch noch länger, um bei einem Befehl zu gehorchen.

Ibu ist ein Prachtexemplar. Ein Rhodesian Ridgeback, inzwischen zweieinhalb Jahre alt. Ein Bursche, ein nicht gehandicapter Rüde, ein wenig stur, gehorcht also nur gelegentlich und sehr schmusebedürftig. Wo auch immer wir sind, ist uns die Aufmerksamkeit aller Anwesenden sicher, wenn er seinen schweren Kopf auf unsere Beine legt und die Zuschauer dabei genüsslich mit perfektem Hundeblick anschaut. Ich bin sicher, wenn er reden könnte würde er flüstern: „Na, da staunt ihr, oder?"

Ibu ist unser erster Hund. Meine Frau, Marita, hatte vor Jahrzehnten schon einmal für kurze Zeit einen Schäferhund. Aber das ist irgendwie vergessen. Ibu ist ein Scheidungskind. Sein Bild stellte sein damaliges Herrchen ins Internet. Schon das Foto hat uns so begeistert, dass er letzten Endes nach zwei Tagen bei uns war. Da war Ibu eineinhalb Jahre alt. Nach der Übergabe gab es – soweit wir das beurteilen konnten – keinen Moment der Trauer. Das hat alle Beteiligten gefreut.

In der Folgezeit passierte mindestens einmal pro Woche eine Geschichte, die erzählenswert ist. Und das wollen wir im Folgenden tun. Marita und ich, wir zwei aus Bielefeld, den Teutoburger Wald auf der einen und die Senne auf der anderen Seite unseres bescheidenen Domizils.

Ich heiße Gerd, eigentlich Gerhard. Nur wenige Menschen nennen mich Gerd. Marita nennt mich manchmal Cheffe. Das macht sie, glaube ich, um mich aufzuziehen. Meine erwachsene Tochter nennt mich freundlicherweise noch Paps. Aber wie würde mich Ibu nennen, falls er …? Auf jeden Fall nicht Gerd, vielleicht Alter? Vielleicht würde er mir ja auch keinen Namen anhaften, sondern als geistige Reaktion mit einer Redewendung reagieren? „Hey, keep cool", oder auch auf Deutsch „bleib ruhig Alter"? Diese Gedanken gehen mir durch den Kopf, weil ich oft den Eindruck habe, Ibu reagiert langsam. Bei „komm" glaube ich noch heute, Ibu überlegt erst einmal, ob meine Aufforderung überhaupt sinnvoll ist. Inzwischen habe ich dann mein Kommando ein- bis zweimal wiederholt. Nun ist allzu oft zunächst „Bein heben" angesagt. Und dann entschließt sich Ibu zu kommen. Ich kann seine Gedanken regelrecht lesen: „Ok, ich komme, aber bleib ruhig Alter".

Mit den Wiederholungen werde ich offensichtlich oft etwas lauter, was dann stets eventuell Beteiligte aufmerksam werden lässt, und auch Marita kann dann oft ihren Kommentar nicht zügeln: „Ist ja gut, er kommt doch, Cheffe".

Zweifellos stärkt und beeinträchtigt Ibu unser Selbstbewusstsein gleichermaßen: Ibu ist schlank, hat ein rotbraunes Fell und bewegt sich leichtfüßig. Es ist wie ein Gesetz. Wo auch immer wir sind, wir werden auf Ibu angesprochen. Oft durchaus mit der Frage „Ist das ein Rhodesian Ridgeback?" Dann wundert es mich, wie viele Menschen diese Rasse kennen. Sofort wird nachgeschoben: „Das ist aber ein schöner Hund". „Ähm, ja". Auf der Zunge lag mir schon oft: „Na, und was sagen Sie zu seinem Herrchen?" Da sich aber letzten Endes noch nie jemand getraut hat zu äußern: „Der Hund hat zweifellos die gleiche Ausstrahlungskraft wie sein Herrchen, oder so ähnlich, kommen mir dann doch regelmäßig Zweifel an meinem Typ. Gerade von der allzu oft begeisterten Damenwelt hätte man doch eigentlich solch eine Äußerung erwarten können, oder?

Im Rudel

Jemand gab uns den Tipp, dass es in unserer Stadt einen Treff gibt. Jeden Samstag treffen sich Ridgeback-Herrchen und -Frauchen auf einem Bauernhof. Ibu wohnte gerade drei Tage bei uns. Natürlich machten wir uns am Samstag unerfahren und unbedarft auf. An jenem Samstag trafen sich ca. 12 Ridgebacks mit ihren 24 Herrchen und Frauchen. Es waren ausschließlich Jungs und Mädels, also junge Tiere. Gleiches galt für die dazugehörigen Herrschaften. Da wir zu den etwas älteren Semestern gehören, war es für uns gewöhnungsbedürftig, dass uns alle sofort duzten. Diese Stunde über die ostwestfälischen Felder hat sich in unsere Erinnerung regelrecht eingebrannt. Es ist nicht mit Worten zu beschreiben, wenn ein Rudel Ridgebacks über die Felder jagt, über zwei Meter breite Bäche springt und die Hänge hinauf und hinunter jagt. Ibu mittendrin dabei. Zweifellos hatte er so etwas auch noch nicht erlebt. Das war für uns drei ein unvergesslicher Tag. Toll fanden wir natürlich, dass Ibu bei aller Begeisterung alle fünf Minuten kam, mal zu Marita, mal zu mir, um sich zu versichern, dass wir in dem Menschenrudel noch dabei und nicht verloren gegangen waren.

Trotz aller Begeisterung haben wir an diesen Treffen nur zweimal teilgenommen. Wir kamen mit dem Samstagstermin nicht zurecht und uns passte auch nicht, dass ein aggressiver Lümmel dabei war, den seine Herrschaften nicht unter Kontrolle hatten. Die Anfahrt war zu weit, das Wetter immer wieder zu schlecht, dann hatten wir etwas vor, usw., usw.

Man grüßt sich wieder

Ich sage immer: Wir haben viele komische Nachbarn; stets füge ich die Frage an: "Ob das an uns liegt?" Marita antwortet dann stereotyp: „Nein, bestimmt nicht." Dabei lässt sie beharrlich offen, ob sich ihr Urteil auf meine Aussage oder meine Frage bezieht. Um keine Missverständnisse aufkommen zu lassen sollte ich ergänzen, dass auch ein paar sehr nette dabei sind.

Auf jeden Fall gibt es in unserer Nachbarschaft eine Familie, zu der Sendepause bestand. Die Herrschaften grüßten uns permanent nicht mehr zurück oder blickten bei Begegnungen jeglicher Art ostentativ weg. Dann haben wir das Grüßen eingestellt. Einerseits habe ich das etwas bedauert, denn Nachbarn nicht zu grüßen ist doch irgendwie komisch und man hat kein gutes Gefühl dabei; zumal die Familienmutter mehrmals täglich zwei aus Mallorca mitgebrachte Hunde an einer mittellangen Leine an unserem Bonanza-Gartenzaun entlang führte. Andererseits bemerkte ich mit klammheimlicher Freude, dass ich immer sicherer wurde, die Nachbarin mit offenem Blick anzuschauen, dabei einen lockeren Gesichtsausdruck aufzusetzen und das Tapsen entlang des Zauns zu beobachten – aber eben nicht zu grüßen. Der Zaun ist ca. 15 m lang. Die Krönung dieser Nummer ist, wenn Sie Ihrem Opfer beim „Flanieren" fest in die Augen schauen. Das muss so sein, als wenn Sie gezwungen würden, zum ersten Mal in Ihrem Leben, auf einen Laufsteg zu gehen.

Ibu war gerade zwei Wochen bei uns. Etwas unsicher und unbeholfen ging ich eines Tages in den Teuto. Im dichten Wald, auf schmalem Wege mit Ibu an der Langlaufleine sehe ich drei entfernt auf uns zukommende Wesen. Da ich noch nicht einschätzen konnte wie Ibu auf Rehe, Hirsche, wildernde Hunde oder andere Bewohner des Teutoburger Waldes reagieren würde, ging ich respektvoll etwas beiseite, so ca. 4 bis 5 Meter. Ich warte. Irgendetwas nähert sich tatsächlich. Und was bekomme ich mehr oder weniger plötzlich im matten winterlichen Licht zu Gesicht? Die besagte Nachbarin mit ihren zwei Mallorca-Hunden. Keine Frage, ich war verdattert – sie aber offensichtlich auch. Und da Ibu durchaus eine respektable Größe hat und sie mich offensichtlich noch nie mit dem Hund gesehen hat, war die Situation gediegen. Ich meine nachdrücklich, nicht gegrüßt zu haben, allenfalls die beiden Hunde mit einem leisen Hallo. Etwas Ähnliches habe ich auch von der Nachbarin gehört. Mittlerweile grüßt man sich wieder.

Winter

Der November war kalt – oft sehr kalt. Nun hatten wir einen Hund und das war für mich ein willkommener Anlass, mit Ibu den Teuto zu durchstöbern. In den 70-ziger Jahren bin ich Niedersachse aus beruflichen Gründen in das Land der sparsamen Leute gezogen. Die Sparsamkeit hat man den Ostwestfalen angedichtet. Aber ich will nicht schon wieder abweichen und wie man hier sagt „vom Höckschen aufs Stöckchen" kommen. Also zum Kern.

1. Seit ca. 40 Jahren möchte ich den Teutoburger Wald näher kennen lernen und jetzt habe ich die Möglichkeit – mit Ibu.

2. Der harte Winter treibt das Wild offensichtlich näher in die von Wanderern bevorzugten Regionen.

3. Ibu zieht im Wald noch immer stark, wenn er an der Leine ist. Das nervt.

4. Zur gegenseitigen Freude lasse ich Ibu gern laufen.

5. Ibu ist bislang mittelmäßig erzogen.

6. Ibu ist ein Jagdhund.

7. Für mich völlig unerwartet hebt Ibu dann und wann die Schnauze, schnüffelt und haut ab.

Eine dieser Situationen ist unvergesslich. Wir sind oben auf einem Berg, mutterseelenallein. Plötzlich kriegt Ibu seinen Rappel, haut ab, den Berg hinunter. Zweihundert, vierhundert, sechshundert Meter; er verschwindet irgendwo. Ich pfeife und rufe und pfeife und rufe. Nach gefühlten 10 Minuten höre ich ein Geräusch. Mittlerweile bin ich den Berg etwas hinunter gegangen. Ich drehe mich um. Ibu kommt aus einer völlig anderen Richtung angehechelt. Er ist physisch absolut ko. Ich auch, allerdings mental.

Ein langer Winter

Dieses Ausbüxen ist ein gewisses Problem. Immer an der Leine? Dazu hat keiner von uns Dreien Lust. Und die lange Leine, die ca. 8 Meter ausmacht, ist mühselig zu handhaben.

Marita hat eine Superidee. Wir haben hier viel Umland. Also fahren wir irgendwo hin. Nur Felder links und rechts, ein Bauernhof in der Ferne. Ibu darf laufen und wir sind gut drauf. Ibu läuft nach links, mal nach rechts, schnüffelt leinenlos hier und da. Wir gehen über den Feldweg in ein kleines Wäldchen. Plötzlich sehe ich ein Reh. Es sieht uns und sprintet davon. Ich rufe Ibu. Der aber hat offensichtlich einen Kompagnon des Rehs erschnüffelt, startet durch, rast ins Gebüsch. Der Kompagnon flüchtet, hetzt aufs Feld. Ibu hinterher. 500 Meter. 1000 Meter. Ibu und das Zielobjekt sind nicht mehr zu sehen. Dann doch noch einmal kurz schemenhaft ein hakenschlagender, rasender Ibu. Wieder ist er weg. In weiter Ferne sieht man auch ein Auto. Offensichtlich gibt es dort doch eine Straße. Marita ist entnervt – dieses Mal extrem. Ich merke, dass ich auch nicht mehr so gelassen bin.

Letzten Endes kam Ibu nach vielleicht 20 Minuten völlig erschöpft zurück. Der Tag war gelaufen.

Ein sehr langer Winter

Wir müssen uns etwas einfallen lassen. Anfang dieser Woche gab es wieder eine Situation, die wenig erquicklich war. Ich hatte morgens einen Akupunktur-Termin im Osten der Metropole Ostwestfalens. Die Praxis liegt am Ortsausgang und drumherum sind nur Felder weit und breit. Ibu und ich stiefelten los. Es war noch relativ früh, so gegen 9.30 Uhr. Nach wie vor war es kalt. Die Nacht zuvor hatte es getaut. Glücklicherweise hatte ich meine Gummistiefel angezogen, doch schnell war meine Hose verschlammt. Ibu sah nicht viel besser aus. Nach zweieinhalb Stunden gerieten wir auf dem Rückweg an einen Bach. Der schlängelte sich durch das Unterholz. Ibu lief stark schnüffelnd neben mir her. Und dann sah ich sie. Am Bach. Drei Hasen. Ich hatte keine Zeit darüber nachzudenken, warum es drei waren und nicht zwei oder vier. Das wäre doch logischer gewesen. Stattdessen reagierte ich blitzschnell und forderte Ibu auf, zu mir zu kommen. Der reagierte genauso wie er eigentlich immer reagiert: Wenn ich ihn rufe, hebt er erst einmal den Kopf, um die Lage zu peilen und sich zu orientieren, warum ich ihn denn zum Kommen auffordere. Na klar, sofort hatte auch er die drei Hasen entdeckt und weitere Aufforderungen von mir waren Schall und Rauch. Er spurtete auf den Bach zu. Nun gab ich Ibu insofern wenige Chancen als Hasen auch nicht unintelligent sind. Sie spurteten in drei Richtungen davon und Ibu musste sich natürlich für eine entscheiden. Das tat er auch. Der Auserkorene war darüber hinaus im Vorteil. Im Gegensatz zu Ibu kannte er die Gegend, und zwar sehr gut. Ich konnte die Situation nur ein paar Sekunden beobachten. Der Hase – vielleicht war es auch eine Häsin – das konnte ich in dem Moment nun wirklich nicht eruieren, schlug die berühmt berüchtigten schnellen Haken und dann waren die Beiden halt weg.

Ich pfiff und pfiff – so oft, dass ich mir wie ein Trottel in der Feldmark vorkam, ging etwas auf und ging wieder ab, stets nach Ibu pfeifend.

Sie ahnen das Ende dieser Geschichte. Ibu kam dann mal wieder aus einer völlig anderen Richtung. Fix und fertig. Ja, ich muss mir etwas einfallen lassen.

Unter Brüdern

Zwei Arbeitskollegen meiner Frau, die auch privat ein Paar sind, haben sich ca. ein halbes Jahr bevor wir Ibu bekamen, ebenfalls einen Hund angeschafft. Jackson, ein rumänisches Findelkind. Jackson ist ein Schäferhund-Kangal-Mix. Meine Frau hat es mir nie erzählt, aber ich bin sicher, dass ihre Entscheidung, dass auch wir einen Hund bekommen, entscheidend durch Jacksons Dasein geprägt wurde.

Irgendwann kamen die drei auf die Idee, dass man doch mal zusammen laufen könnte. Vor dem ersten Aufeinandertreffen der beiden imposanten Rüden war dann aber doch eine gewisse Skepsis angesagt. Ignorieren sie sich einfach oder gehen sie aufeinander los? Leidet im letzteren Fall dann nicht die Freundschaft, ja vielleicht sogar das Betriebsklima darunter? Der entscheidende Sonntagmorgen kam. Wir trafen uns auf dem Parkplatz an der Hundewiese unterhalb der Sparrenburg-Promenade. Und dann ging es los. Nach einem kurzen Hallo sprinteten die beiden in einem atemberaubenden Tempo los. Gerade so, als wollten sie sich für den nächsten Hundewettlauf qualifizieren. Ohne Rücksicht auf Verluste ging es über Stock und Stein, durch Hecken, über den Bach. Andere Vierbeiner waren völlig uninteressant. Deren Herrchen und Frauchen beobachteten das faszinierende Schauspiel bewundernd. Hatte sich ein Hund dazu entschlossen, eine Runde mitzulaufen, gab er nach wenigen Minuten auf. Diesem Tempo war er einfach nicht gewachsen.

Als die zwei sich dann endlich etwas ausgepowert hatten, ging es zunächst gemeinsam in den nahegelegenen Teich. Dann wurde gemeinsam das Bein gehoben, gemeinsam ein und dasselbe Stöckchen gesucht, gemeinsam unsympathische Genossen verknurrt oder verjagt. Wurde der eine von einem übermütigen Genossen angemacht, war sofort der andere zur Stelle, um diesen in die Schranken zu weisen. Riefen wir den einen, kam der andere gleich mit. Das ist bis heute so geblieben. Erwähnen wir den Namen Jackson, läuft Ibu erwartungsvoll und schwanzwedelnd zur

Tür. Erwähnen Jacksons Herrchen oder Frauchen den Namen Ibu, ist Jackson nicht mehr zu halten. Kaum treffen die beiden aufeinander geht's los. Regelmäßig am Sonntag drehen wir eine Runde durch den Holter Forst. Schon eine halbe Stunde bevor es losgeht, sind beide Hunde völlig aus dem Häuschen.

Die Unarten unseres Hundes

Ibu schnüffelt gern und er leckt gern. Ibu hat eine sehr lange Zunge. Wenn etwas in seiner Nähe gut riecht, dann leckt er. Bei anderen Hunden fand ich das früher ekelhaft und war empört, wenn der jeweilige Hundehalter sein Tier nicht unter Kontrolle hatte und dieses unangenehme Lecken unterband.

Ok, ich habe meine Haltung geändert. Ich finde es zwar nach wie vor nicht gut, wenn er manchmal auch unseren Besuch abzulecken versucht, aber ich ekle mich nicht mehr davor und versuche, ihm seine Marotte abzugewöhnen – obwohl es sich ja aus der Sicht des Hundes um gar keine Marotte handelt.

Ich hatte mich mit meiner früheren Sekretärin zum Nachmittagsplausch in einem netten Cafe getroffen. Wir unterhielten uns über dieses und jenes. Sie war sehr erstaunt, dass wir nunmehr stolze Hundebesitzer waren. Ibu gefiel ihr sehr. Nach einer halben Stunde brachen wir auf, verabschiedeten uns höflich und freundlich; wie meine Ex-Sekretärin nun einmal ist, streichelte sie Ibu und verabschiedete sich auch von ihm, indem sie sich etwas zu ihm herunterbeugte.

Das war die Gelegenheit und Aufforderung. Diese Nähe zu einem freundlichen Gesicht. Ibu tat sein Bestes. Er übertraf sich regelrecht. Er schlug zu. Mit der gesamten Länge seiner Zunge pinselte er in einem Streich das wohldosierte, sorgsam aufgetragene Make-up weg. Natürlich nur auf der einen Seite – der rechten. Meine Sekretärin reagierte reflexartig, wich natürlich sofort zurück. Erfolglos, was die rechte Seite betraf, erfolgreich jedoch hinsichtlich der linken Gesichtshälfte. Der laute Ruf, letztlich war es mehr ein Schrei, ließ natürlich alle Cafe-Besucher aufmerken. Aber sie behielt die Contenance. Der zweite Teil der Verabschiedung erfolgte in etwas größerer Entfernung.

Anmerken möchte ich, dass ich am nächsten Tag eine E-Mail von meiner ehemaligen Mitarbeiterin bekam, die ein Postskriptum enthielt: Ich sollte ihren stürmischen Verehrer grüßen. Damit war die Situation dann doch gerettet.

Blut

Mal wieder hatten wir einen tollen Vormittag. In unserer Stadt gibt es ein recht großes Areal, das in einem Tal liegt. Es ist ungefähr einen Kilometer lang. Meistens Wiese, zwei kleine Teiche. Einer davon eher ein Tümpel. Oberhalb dieses Tals wird dieses schöne Fleckchen Erde von Niederholz und hohem Wald begrenzt. Alles ideal für Hunde. Ihre Herrschaften haben es sich als inoffizielle Hundeauslauffläche erkämpft. Im Moment toleriert unsere Stadt diese Situation. Unter den Hundebesitzern wird kolportiert, dass das Ordnungsamt dann und wann im Dreiertrupp auftritt, einschreitet und Leinenzwang anordnet. Vor Ibu`s Zeiten gab es wohl häufiger kritische Situationen. Die Meinungen der Hundeliebhaber und Hundehasser prallten medial aufeinander, die Presse wurde eingeschaltet und die Fronten verhärteten sich. Im Moment ist Ruhe eingetreten, und ich freue mich immer wieder, wenn ich unseren Oberbürgermeister hier treffe, der seiner Hündin eine Freude bereitet, indem er sie frei laufen und springen lässt.

Übrigens, dieses Tal liegt in unmittelbarer Nähe der Sparrenburg. Sie ist interessant, genauso interessant wie Bielefeld. Wir können Ihnen nur empfehlen, einmal ein Wochenende im Oberzentrum Ostwestfalen-Lippe zu verbringen. Sie werden sehr angetan sein. Am besten hängen Sie noch ein paar Tage dran.

Ibu und ich gehen also nach dem Auslauf im Tal in Richtung Sparrenburg. Dieser Weg auf der Promenade ist asphaltiert und wird von vielen Radfahrern frequentiert. Deshalb rufe ich Ibu. Heute ist er durchaus folgsam. Ein flüchtiger Blick, sofort ein genauerer Blick: Ibu blutet. Es handelt sich um einen kleinen Riss am Ohrlappen. Glücklicherweise habe ich eine Packung Papiertaschentücher dabei. Das erste ist schnell durch das Abwischen verbraucht. Ruckzuck ist das zweite Tempo nicht mehr zu gebrauchen. Ich habe eine zündende Idee. Ich reiße ein Stück vom Taschentuch ab und drücke es auf die Wunde. Das klappt. Das Stückchen saugt sich sofort voll Blut und bleibt haften. Nun können wir doch noch unterhalb der Sparrenburg in der Bank etwas abgeben. Das Papier an Ibu`s Ohr sieht natürlich bescheuert aus, aber was soll`s. Dieser Fetzen Papier verändert sich sehr schnell, weil das Blut weiterhin austritt. Innerhalb weniger Minuten bildet sich ein Blutkügelchen. Nun wird es Ibu zu dumm. Er schüttelt sich und das blutgetränkte Taschentuchstückchen fliegt in weitem Bogen davon. Also ein weiteres Stückchen nach der gleichen Methode. Diesmal funktioniert mein Trick jedoch nicht; ein erneuter Versuch mit dem nächsten Fetzen. Noch einer. Der vierte Versuch klappt endlich. Jetzt allerdings hat Ibu die Schnauze voll und schüttelt sich, damit der Papierschnitzel ihn nicht mehr belästigt. Ich unternehme einen neuen Versuch und spreche gaaanz ruhig auf Ibu ein. Ibubesi reagiert gelassen, akzeptiert meine Bitte souverän und schüttelt sich nicht. Mittlerweile ist mein Vorrat an Tüchern verbraucht. Die Tour haben wir längst abgebrochen und sind auf dem Rückweg. Rückweg heißt: Wir müssen noch zum Auto laufen, dann mit dem Wagen ca. 15 Minuten nach Hause fahren. Nach kurzer Zeit hat sich allerdings erneut ein Papierbluttropfen gebildet. Ein kurzes, weiteres Schütteln und das Blut liegt auf der Promenade.

Durch das häufige Schütteln war meine Kleidung gänzlich bespritzt. Hund blutet. Taschentücher verbraucht. Was tun? Auf der Promenade gibt es seit langem ein hübsches Ausflugslokal. Glücklicherweise hatte es geöffnet. Ich befestigte die Leine mit Ibu am anderen Ende an einem Fahrradständer, und bevor ich hineinging konnte ich die blutverschmierten Hände und Oberarme an einem Außenhahn abwaschen und damit die optische Dramatik etwas abmildern. Dennoch war die aparte Chefin hinter der Theke schockiert, als sie zunächst mein gesprenkeltes Outfit musterte und dann den nun stark blutenden Hund. Bei Ibu lief das Blut aus dem Ohrlappen über den Schenkel auf den Promenadenasphalt. Erst dachte ich, die Café-Chefin wollte einen Rettungswagen für zwei Verletzte rufen. Dann aber rief sie aus: „Pflaster, wir brauchen Pflaster". Ich reagierte mit meiner coolen Variante und erklärte, dass ein kleines Kontingent an Papierservietten ausreichen würde. Sie verschwand im Café und war in Windeseile mit einer Ladung gelber Servietten zurück. Natürlich bedankte ich mich. Rückweg und Rückfahrt gingen mit einigen Einschränkungen und Stopps relativ komplikationslos vonstatten.

Die Geschichte ist noch nicht zu Ende. Zuhause hatte ich eine zweite glänzende Idee. Ich bin Nassrasierer. Das brachte mich auf den Gedanken, meinen Alaunstift einzusetzen. Im Gegensatz zum Trockenrasieren fließt beim Nassrasieren bekanntlich manchmal Blut. Dann hilft der Alaunstift. Was mir hilft, sollte auch Ibu helfen. Bedenken hatte ich jedoch, weil bei der Anwendung ein brennender Schmerz auftritt, wenn der Stift auf die Wunde kommt.

Jedoch, oho, oho, Ibu verzog sozusagen keine Miene. Der Stift wirkte, die Blutung stellte sich ein. Schnell noch einen gelben Fetzen der geschenkten Serviette zur Sicherheit auf die Wunde. Fertig war die Wundbehandlung.

Die Geschichte ist noch immer nicht zu Ende. Alaunstift hin, Alaunstift her. Es bildete sich Schorf, der sich mit dem gelben Serviettenpapier verkrustete. Als ich das Papierfitzelchen durch ein frisches ersetzen wollte, riss die Wunde erneut auf. Der Alaunstift kam wieder zum Einsatz. Wie sollte die mittelfristige Lösung aussehen? Meine Frau plädierte nachdrücklich dafür, den Tierarzt zu konsultieren. Das taten wir natürlich. Unser Tierarzt ist ein sympathischer, netter Kerl. Da ein telefonisch angekündigter Notfall vorlag, kamen wir sofort an die Reihe. Der Doc sah sich den Ohrlappen sehr genau an. Er säuberte die Wunde nochmals, was dazu führte, dass der Ohrlappen wieder stark blutete. Das störte Ibu. Er schüttelte sich kräftig. In der Konsequenz waren alle Beteiligten genauso mit Blut bespritzt wie ich. Allerdings kam die Punktierung beim Doc und seinen zwei Helferinnen aufgrund der weißen Kleidung besser zum Ausdruck. Der Ohrlappen erhielt nun eine blutstillende Tinktur, anschließend wurde ein Zweckverband angelegt. Unser lieber Doktor fabrizierte ein Verbandsunikat. Es umschloss beide Seiten des Ohrlappens – es hielt tatsächlich. Dann folgte laut denkend Phase zwei. Der Doc meinte, man müsse das Ganze noch etwas stabilisieren. Ein Knieverband erschien ihm geeignet. Der sollte die Wunde am Kopf quasi beruhigen.

Bitte stellen Sie sich einen Knieverband wie ein grobes, helles Netz vor. Es wurde etwas zugeschnitten. Als es endlich zurechtgestutzt war, startete der entscheidende Schritt. Dr. Frieder stülpte das Netz über Ibus Kopf. Er zog es breit über den verletzten Ohrlappen, jedoch nur schmal über das andere Ohr, sodass Ibu auf der anderen Seite noch Ohr-Bewegungsspielraum hatte. Passt. Alle Blicke richten sich auf Ibu. Er sieht aus wie ein Pirat. Ibu schaut uns an, sieht uns grinsen und schüttelt sich in der gleichen Sekunde mit einer Wucht, wie ich es noch nie erlebt habe. Der Netzknieverband fliegt durch die Praxis, das darunter klebende Verbandsunikat fliegt hinterher. Ibu schüttelt sich erneut und die Praxis sieht aus, als habe dort ein Gemetzel stattgefunden. Entsetztes Schweigen. Ich sage etwas Unverständliches. Meine Frau ist betroffen. Ich auch. Der Doc ebenfalls und auch seine zwei Mitstreiterinnen. Aber letztere wiegeln ab.

„Das kommt schon mal vor". Ibu erhält ein weiteres Verbands-Unikat. Ein zweiter Versuch mit einem Knieverband wird unterlassen. Die blutstillende Tinktur hilft letztlich nachhaltig. Geplättet fahren wir drei nach Hause.

Unser Geheimnis

Es war eine dramatische Situation für alle Beteiligten. Während eines Ausflugs über die Felder von Helpup - so heißt der Ort nun mal - stießen wir auf ein Gehöft. Ich gebe zu, ich war in Gedanken und schaute nach links zu einer keckernden Elster. Ibu verschwand im gleichen Augenblick in diametraler Richtung, raste durch das Unterholz und nahm den nahen Bauernhof ins Visier. Ich hörte unvertraute Geräusche. Dann kam Ibu relativ schnell indirekt zurück, also in Sichtweite. Ich rief. Ibu gehorchte aufs Wort. Ibu macht Sitz, dann sofort auf Befehl Platz.

Ich schaue Ibu an; Ibu schaut mich an. Ibu hebt die linke Augenbraue, schaut kurz weg, sieht mich erneut an, schiebt die rechte Augenbraue hoch, neigt den Kopf zu linken Seite, beobachtet mich mit erneutem Augenaufschlag, leckt schnell noch über die Schnauze, gähnt hastig, neigt den Kopf nun zur anderen Seite.

„Ibu, du bist ein Meister, wenn es darum geht, die Emotionen deines Herrchens zu manipulieren. Okay, es bleibt unser Geheimnis". Und deshalb endet meine Geschichte hier.

Übrigens, den Ort Helpup gibt es tatsächlich. Nicht aber den Ort Dunkelpups.

Die grazile Dogge

D ass wir in unserer Gegend ein kleines Hundeparadies haben, ist toll. Sie wissen, was ich meine. Das Tal unterhalb der Promenade, in der Nähe der Sparrenburg.

Hier trifft sich an Hunden alles, was es so gibt: Jungs und Mädchen, Welpen und Grufties, schlanke und dicke, faule und quietschfidele. Bezüglich der sie begleitenden Frauchen und Herrchen könnte ich alles in der gleichen Reihenfolge wiederholen.

Ich behaupte immer, das Tal ist die beste Hundeschule. Wenn eine Hundebegleitperson einmal mit angeleintem Hund daherkommt, gibt es das ungeschriebene Gesetz, den eigenen Hund ebenfalls anzuleinen. Glücklicherweise passiert das selten. Ansonsten ist freilaufen mit oder ohne Kommandos angesagt. In 99 % der Situationen geht das gut. Manche Hunde mögen sich nicht, dann geht's halt schnell auseinander. Manchmal wird geknurrt, dann geht man in entgegengesetzte Richtungen weiter, wobei sich die Situation automatisch entschärft. Allerdings hört man ab und an den einen oder anderen Hundebesitzer munkeln, dass es doch schon mal die ein oder andere Beißattacke gab. Neben der Antipathie gibt es natürlich die Gleichgültigkeit und die Sympathie innerhalb des Hundevolks.

In puncto Sympathie fährt Ibu manchmal auf Typen ab, bei denen wir staunen. Dann setzt jeglicher Gehorsam aus. Mal ist es vielleicht ein Struwwelpeter, mal ein kleiner, mal ein großer Hund. Den Sympathieträgertyp von Ibu haben wir noch nicht erkannt. Wie gesagt, jegliche Kommandos zu kommen, laufen ins Leere, wenn Ibu erst einmal auf einen Hund abgefahren ist. Dann muss Herrchen hinter Hundchen herlaufen, ihn regelrecht einfangen und an die Leine nehmen. Ich spreche hierbei nicht über läufige Hündinnen, sondern über durchaus normale Situationen, in denen Ibu vom Beschnüffeln einfach nicht genug bekommt. Dann kommt man schnell mit der Begleitung des anderen Hundes ins Gespräch. Da sich solche Begegnungen nicht selten mit kastrierten Rüden ereignen, keimte bei mir ein Verdacht auf. Sie wissen schon was ich meine. Kann das sein? Ist Ibu schwul? Meine Frau meinte, ich würde spinnen, konnte mir aber keine plausible Erklärung geben, warum Ibu sich bemerkenswert oft von reduzierten Rüden angezogen fühlt. Und dann gab es ein regelrechtes Schlüsselerlebnis. Wir waren wieder im Tal. Dort begegneten wir einer Dame mit zwei Hunden. Der eine ein wuscheliger Pfiffi, der andere eine Dogge. Bildschön, hoch gewachsen, erheblich größer als Ibu, glattes glänzendes Fell. Jessie, die Dogge, bewegte sich grazil. Das fiel auch Ibu auf. Ein Blick und Ibu war von ihr gefangen. Immer um sie herum. Dabei stets charmant. Die Besitzerdame war von Ibu ebenfalls sehr angetan und hatte an den Sympathiebekundungen nichts auszusetzen. Dann ging es sehr schnell. Ibu machte ausdrucksstarke Anstalten, die Dogge zu besteigen. Diese schien keine Einwände zu haben. Wohl aber die begleitende Dame, sie schrie entsetzt auf. Der schrilllaute Ton und vielleicht auch mein verbales Intervenieren veranlassten Ibu, sich wieder in seine stabile Vierbeinlage zu begeben. Ich leinte ihn schnell an. Die Dame leinte ihre grauglitzernde Dogge an und wir gingen unserer – getrennten – Wege.

Übrigens hat sich Ibu dann doch noch gerächt. Nach ca. 1 km am Ende des Tals wollte ich ihn noch einmal kurz laufen lassen. Keine Sekunde von der Leine raste er wie verrückt in Richtung Dogge. Da half nur eines. Ich musste im Dauersprint hinterher. Als ich am anderen Ende des Tals hechelnd mit hochrotem Kopf endlich auf die vier stieß, fand ich einen unruhig tänzelnden Ibu, ein scheinbar entspanntes Doggenmädchen, einen desinteressierten Pfiffi und eine aufgeregte Doggenbesitzerin vor. Letztlich hatte sie sich erfolgreich bemüht, Ibu von ihrem Liebling abzuhalten.

Der Hund mit dem Hundetrainer

D iese Woche fahren wir am Freitag wieder ins Tal, wo sich Bielefelds Hunde-Lobby trifft. Das ist eine große Gesellschaft. Man kennt sich, oder eben auch nicht. Oft habe ich den Eindruck, dass diese Klientel in Abhängigkeit von Tageszeit, Wochentag und Wetter regelrecht typisiert werden kann. Ich bin übrigens nicht der Einzige, der diese Meinung offensiv vertritt. Zu meiden sind möglichst Nachmittage an Wochenenden. Es heißt, dann kämen all die mit ihren unausgelasteten Hunden, die wochentags für Gassigehen wenig Zeit aufbringen können. Dies führt beim Ausgang am Wochenende gelegentlich zu neurotischem Verhalten sowohl bei Frauchen/Herrchen als auch bei Hund bzw. Hundchen.

Einmal unabhängig von diesen Einsichten kommt es auf der Wiese unabhängig von Wochentag und Tageszeit zu folgenden Konstellationen

-   Hund mag Hund und dessen Herrchen

-   Hund mag Hund nicht und meistens dann auch nicht dessen Herrchen bzw. Frauchen

-   Herrchen mag Frauchen vom anderen Hund, aber die Hunde sind sich egal

-   Herrchen und Frauchen vom anderen Hund sind sich unsympathisch, allerdings finden sich die Hunde gegenseitig toll

Natürlich gibt es noch viele weitere Varianten.

Noch einmal zur Erinnerung: Es ist Freitag, wir sind in Wochenend-Stimmung. In der Ferne sehen wir ein paar von den ewigen Platzhirschen. Jetzt kommt eine junge, wohlbeleibte Dame auf uns zu. Sie: Typ retro, Hund Typ Ridgeback. Die Ausgangssituation: Herrchen (ich) und Frauchen (sie) sind sich eher unsympathisch.

Gentlemanlike verschweige ich einmal, was mir beim Anblick dieser Dame spontan durch den Kopf geht. Während sich der jüngere Ridgeback und Ibu beäugen und recht schnell ihr gegenseitiges Desinteresse demonstrieren, führe ich mit der korpulenten Dame ein kurzes Gespräch. Erhellend trägt sie zu der stolpernden Kommunikation bei: „Ach das ist ja auch ein Rhodesian Ridgeback" – Ja. Ich führe die Konversation fort und merke an, dass ihr hübscher noch recht junger Ridgeback ja freiläuft und gleichzeitig die Leine hinter sich herzieht. Das kommentiert die revival-fashioned Lady. Bedauerlicherweise habe ich ihre Argumente vergessen. Nun unterläuft mir leider ein Fehler. Da der Youngster ihr nicht richtig zuhört und infolgedessen auch nicht gehorcht, frage ich, um die gelähmte Konversation fortzuführen, ob sie denn mit ihrem Hund eine Hundeschule besuchen würde. Zugegeben, die Frage war ein Fehler. Spitz erwidert die Retro, dass sie mit ihrem Ridge keineswegs in eine Hundeschule ginge. Sie und ihr Lover hätten sich für einen Hundetrainer entschieden. Mittlerweile gingen die beiden Ridgebacks getrennte Wege. Der eine nach links, der andere (Ibu) geradeaus. Also machten auch Frauchen (sie) und Herrchen (ich) Anstalten, uns im wahrsten Sinne des Wortes zu distanzieren. Die Retro schien etwas angepieselt und gerade wollten wir die ideale Abschiedsdistanz herstellen, da musste sie mir noch eine Frage stellen. „War Ihr Hund denn in einer Hundeschule?" – Jetzt ging es nicht mehr anders: Nein, Ibu war nicht in der Hundeschule, er hatte auch keinen Hundetrainer. Er hat einen Coach. Tschüss.

Herrchen auf Schnauze

Oft und gern joggen wir. Ibu hat schnell gelernt, mit mir durch Wald und Felder zu laufen und sich dabei meinem Tempo anzupassen.

Übrigens, wenn Sie Bielefeld einen Besuch abstatten, sollten Sie auf gar keinen Fall versäumen, einen Abstecher in die nahe Senne zu machen. Es ist eine wunderschöne Landschaft, die zum Wandern, Joggen, Radfahren oder zu Biergartenbesuchen geradezu einlädt.

Wie gesagt, beim Langlauf trottet Ibu an lockerer Leine neben mir her. Wenn es mir in den Sinn kommt, wird die Leine auch gelöst. Heute haben wir uns eine Strecke vorgenommen, bei der es bald bergan geht. Weitläufig bergan geht. Mittlereile bin ich ganz schön fertig, Ibu dölmert am Waldwegesrand immer noch unausgelastet neben mir her. Mittlerweile geht es wieder bergab. Tempomäßig gebe ich etwas Gas und dann passiert es innerhalb von Millisekunden. Zunächst liege ich horizontal in der Luft und im gleichen Moment auf der Schnauze. Rutsche noch zwei Meter über den muffigen, nadeligen Muschel-Löß-Boden und kann meinen Denkapparat erst mit Sekundenverzögerung aktivieren. Erst einmal Luft holen. Meine Brille fehlt. Vermodertes Buchenlaub im Mundwinkel. Instinktiv stütze ich mich mit der linken Hand auf, um mich aufzurappeln. Die Hand ist heiß, dreckverschmiert und blutet. Mit dem rechten Knie muss ich wohl auch aufgeschlagen sein. Sch....e, (sorry). Wie soll mich hier ein Krankenwagen erreichen? Unser Rettungshubschrauber Christoph 13 wird hier mitten im Wald auch nicht landen können.

In Windeseile ist jedoch Hilfe da. Ibu kann es überhaupt nicht ab, wenn ich so nahezu leblos auf dem Boden liege. Sofort ist er bei mir und rettet mich auf seine Weise. Er stupst mich nervös. Sein riesiger Fang ist über mir. Seine warme, lange Zunge leckt das modrige Eichenlaub ab. Seine großen braunen Augen schauen mich irritiert an. Ibu leckt mir hilfsbereit den Schweiß von der Stirn. Nun kommt das rechte Ohr an die Reihe. Ibu, du hast ja riesige

Barthaare! Wieder wischt er mir nass durchs Gesicht. Seine Taktik geht auf. Ich lege mich in die stabile Seitenlage, dann auf alle Viere. Ibu pufft mich zweimal am Hintern und legt langsam seine Nervosität ab, als ich benommen wie üblich auf meinen beiden Beinen stehe und ihm damit seine übliche Perspektive anbieten kann. Humpelnd, eng nebeneinander und ohne Kommando „ bei Fuß" machen wir uns auf den Heimweg.

Der Kauz

Ich weiß, ich wiederhole mich. Ich jogge seit vielen Jahrzehnten. Es geht nicht ohne. Zu Zeiten, als Ibu unser Leben noch nicht bereicherte, begegnete ich beim Langlauf ab und zu einem großen älteren Deutschdrahthaar, einer durchaus imposanten Erscheinung. Als Jogger wird man in solch einer Situation sofort aufmerksam, insbesondere, wenn das Tier offensichtlich ohne Aufsicht den Wald erkundet. Der Drahthaar war stets friedfertig. Auffällig war, dass der Hund bei diesen Begegnungen plötzlich aufmerkte und auf etwas zusteuerte. Es war jedes Mal sein Herrchen, das auf einer kaum hörbaren Hundeflöte pfiff, worauf hin der Drahthaar stantepede zu seinem Führer lief. Ein gehorsamer Hund. Für jeden Jogger waren diese Situationen beruhigend. Zwangsläufig bekam man etwas später auch den abseits stehenden Hundebesitzer zu Gesicht. Ein kleiner Mann, ca. 50 Jahre alt. Er wirkte stets gediegen, weil er sich wie ein verkappter Förster kleidete. Die letzte Begegnung liegt viele Monate zurück.

Am Sonntag machen wir im Teuto einen längeren Spaziergang. Frauchen, Ibu und ich. Wir sind eine Stunde unterwegs in Richtung Spiegelsberg. Ibu inspiziert ziemlich richtungs- und leinenlos die nähere Umgebung. Meine Frau diskutiert mit mir über die Politik in Nordrhein-Westfalen und über die anstehenden Landtagswahlen. Wir beschlossen, umzukehren. Das bemerkte natürlich auch Ibu, der hinter uns hergetrottet war. Auch er machte kehrt und bewegte sich unversehens nicht mehr 20 m hinter, sondern 20 m vor uns. Im gleichen Moment hob er die Nase. Ich rief ihn. Umsonst. In Nullkommanichts galoppierte er davon. Anmerken möchte ich, dass er sich auch davon gemacht hätte, wenn ich ihn unmittelbar nach dem Start gerufen hätte.

Ibu hatte einen Hund erspäht und raste mit hohen neugierigen Sprüngen auf ihn zu. Der Hund wurde von seinem Herrn begleitet. Wie es so seine Art ist, machte Ibu in gebührendem Abstand zunächst selbstbestimmt Sitz, um seine Präsenz anzukündigen. Sein Gegenüber war der Deutschdrahthaar. Sein Befehlshaber in unmittelbarer Nähe. Der ausgebildete Hund musste ebenfalls absitzen. Ibu näherte sich mit wedelnder Rute, arglos und zum Spielen aufgelegt.

Zwischen uns und dem Trio lagen ca. 60 Meter. Dazwischen Unterholz. Meine Frau rief Ibu, ich rief Ibu, der aber hatte keine Lust, uns zu gehorchen. Der potenzielle Spielkamerad, mit dem er Kontakt aufzunehmen versuchte, war viel interessanter. Dem Pseudoforstmann gefiel die Situation überhaupt nicht. „ Nehmen Sie Ihren Hund zurück" brüllte er. Noch mal. „Rufen Sie Ihren Hund zurück". Schön und gut. Das taten wir natürlich. Aber Ibu war weiterhin bemüht, mit diesem absitzenden Altrüden zu kommunizieren.

Ich spurtete los, weil ich Böses ahnte. Die Distanz ließ sich nicht so ganz schnell überwinden. Das Unterholz beeinträchtigte die Sicht. Ich sah einen springenden Drahthaar, hörte lautes Bellen. Ibu wich zurück. Endlich bin ich bei dem Trio. Ibu kommt sofort zu mir. Ich nehme ihn an die Leine. Das macht nun auch der „Förster". Ich murmele ein gewisses Bedauern. Inzwischen ist meine Frau angekommen. Nun gab auch der Mann in grün einen Ton von sich. Mit seltsam gepresster Stimmlage fragte er: „Ist alles klar?". Vielleicht fragte er auch: „ Ist jetzt alles klar?"

Wir gingen auseinander und meine Frau stellte sofort fest, dass Ibu eine schwere Bisswunde am Hals hatte. Glücklicherweise war sie nicht so tief, dass wir unseren Tierarzt aufsuchen mussten.

In der Retrospektive meine ich beim Sprinten gehört zu haben, dass der Kautz seinem Drahthaar einen Befehl gegeben hat und es erst dann zu der Auseinandersetzung kam.

In den folgenden Tagen machte uns dieser Vorfall sehr zu schaffen. Nach unserem Eindruck hat sich Ibu von diesem Erlebnis aber schnell erholt.

P. S.: Der Zwischenfall ließ mir keine Ruhe. Ich habe intensiv recherchiert, um den Namen von dem Pseudoförster herauszubekommen. Ich war erfolgreich. Habe mit ihm telefoniert. Um fair zu bleiben sollte ich erwähnen, dass das Gespräch sachlich geführt wurde. Trotzdem. Bei mir bleibt der Verdacht eines Angriffsbefehls durch den Kautz.

Yuna

bu war mit meiner Frau unterwegs und ich nutzte die Gunst der Stunde, zu joggen. Wer läuft mir auf einmal entgegen? Yuna, eine hübsche Ridgebackhündin. Wohl genährt. In einiger Entfernung stand ihr Frauchen. Natürlich habe ich sofort von Ibu erzählt und wir verabredeten uns am nächsten Montag um 11.00 Uhr. Es kam schnell heraus: Von Yunas Familie wurde der Mo-Mi-Do Rhythmus gepflegt. An diesen Tagen gab es Auslauf am Teuto.

Am Montag trafen wir uns tatsächlich. Zwischen Ibu und Yuna war es große Sympathie auf den ersten Blick. Die beiden sprangen, rasten auf dem Senner Waldweg hoch und runter und jagten sich bis tief in den Wald. Es ist mit Worten nicht zu beschreiben. Jedes Mal war es ein Schauspiel. Wie das so ist, wenn ein kräftiger Bursche und ein hübsches Mädchen aufeinander treffen, dann gibt es auch freundliche Rangeleien, die nicht ohne Hintergedanken inszeniert werden. Das führt offensichtlich auch bei den menschlichen Begleitern zu Assoziationen und Interpretationen.

Bei all diesen aggressionsfreien Balgereien war Ibu auf Yunas Halsband fixiert. Immer und immer wieder war er bemüht, an dieses dämliche Halsband zu kommen und letztlich gelang es ihm, es herunterzuzerren. Yunas Besitzerin merkte mehrmals an, dass sie dieses Halsband gerade im Internetshop für 25 € gekauft habe und dieses mein Mindestbeitrag wäre, wenn diese Halskrause außer Funktion gesetzt werden sollte. Insgesamt hatten wir wohl sechs Kontakte. Dreimal an einem Montag, einmal am Donnerstag und zweimal am Mittwoch. Jedes Mal die gleichen Rituale.

Diese Begegnungen waren in zweifacher Hinsicht einprägend. Zum einen, weil Ibus durchaus erfolgreiche Bemühungen, das Halsband zu ergattern, von Yunas Begleiterin ständig kommentiert wurden. Das Halsband verglich sie mit einem Höschen! Jede Rangelei wurde als Bemühen gesehen, das Höschen zu ergattern. Wenn es Ibu gelang, das Halsband in seinen Besitz zu bringen, gab es eindeutige Kommentare. Prägend waren diese Begegnungen zweitens, weil sich Yunas Begleiterin nur ungern bewegte. Das ging mir jedes Mal aufs Neue auf den Geist.

Nach eigenen Aussagen dauerte der Mo-Mi-Do-Auslauf jeweils eine Stunde. Er begann mit dem Aussteigen am Parkplatz. Dann tapsten die beiden ca. 300 bis 500 Meter in den Wald, um Yuna die Gelegenheit zu geben, sich auszupowern. Dazu hatte sie allerdings keine Lust. Allenfalls, wenn Ibu aufkreuzte und sie zum Sprinten einlud. Mit Ibus Ausdauer und Spielbereitschaft konnte und wollte sie allerdings nie mithalten.

Auf den Geist ging mir darüber hinaus, dass Yunas Begleiterin grundsätzlich sehr langsam sehr kleine Schritte machte. Eigentlich blieb sie stets stehen und ergötzte sich an dem lauffreudigen Ridgeback-Duo. Die Folge war klar. Die Hunde tobten häufig um uns herum und wir liefen deshalb ab und zu wild touchiert Gefahr, von den Beinen gerissen zu werden.

Alle Ermutigungen und diplomatischen Erklärungen, dass wir doch stramm weitergehen sollten versandeten regelmäßig, weil meine Kurzzeitbegleitung von der pfeilschnellen Jagd unserer Vierbeiner in eine Faszinationsstarre verfiel. Letztlich passten diese 11.00 Uhr Mo-Mi-Do-Treffen leider nicht in unsere Terminwelt.

Whisky

Meine studentischen Zeiten liegen leider lange, sehr lange zurück. Damals habe ich mich theoretisch und praktisch im Freundeskreis und auch mit Kommilitonen mit Herstellungsverfahren, Genusskomponenten und vielen weiteren Aspekten des deutschen Bieres, europäischer Weine und internationaler Spirituosen auseinandergesetzt.

Eine leichte Testfrage. Kennen Sie aus dem Stand den Unterschied zwischen einem Wasser und einem Geist? Können Sie sich im Kreis Ihrer Gäste kompetentes Wissen anerkennend bescheinigen lassen, indem Sie auf den Punkt bringen können, worin der Unterschied zwischen einem Himbeergeist und einem Kirschwasser besteht? Wenn ja, dann kennen Sie auch den Unterschied zwischen Whisky und Whiskey.

Der Hund unserer Nachbarn heißt Whisky. Wir wissen leider nicht, wie er geschrieben wird. Es ist ein schwarzer Mischling, den sich unsere Nachbarn auf einem Hundemarkt zugelegt haben. Als Welpen haben wir ihn kennen gelernt. Süß. Wir kennen Whisky seit etlichen Jahren. Jeden Tag wird der Hund von einem Mitglied seiner Großfamilie ausgeführt. Anfangs vermutete ich, es handele sich um einen schwarzen Schäferhund. Das Tier entwickelte sich zu einer mittelgroßen Persönlichkeit, die ich als Hundebanause keiner mir bekannten Rasse zuordnen kann. Whisky kläfft gern und laut. Sein Besitzer hatte in letzter Zeit allerlei Malessen mit ihm. Er hat wohl jüngst schon mal den einen oder anderen Hund oder Menschen gebissen.

Früher, als unser lieber Hund noch nicht da war, habe ich mich hausintern durchaus regelmäßig echauffiert, weil Whisky im nahen Wäldchen frei herumläuft, ausbückst, nicht gehorcht und nicht selten von der Großfamilie eingefangen werden muss. Seitdem Ibu zu unserer Familie gehört, habe ich meine Einstellung zu Hunden völlig geändert, inklusive der zu Whisky.

Whiskys Herrchen hat ulkigerweise einen seltenen Nachnamen, der unserem sehr ähnelt. Seine Familie hat noch sehr viele Kontakte nach Syrien. Meine Familie hat direkte Bindungen nach Ostpreußen. Namenshistorisch haben beide Namen ihren Ursprung im Tatarischen und - man staune – im Orientalischen.

Als unser Nachbar Ibu zum ersten Mal sah, hatte er schlichtweg Schiss, obwohl sein Whisky nur zwei Bekleidungsgrößen kleiner ist. Das Vertrauen zwischen unseren Nachbarn und Ibu haben wir schnell hergestellt, indem wir ihm zeigten, wie man Ibu am besten Leckerchen anbietet. Nicht das Stückchen zwischen Daumen und Zeigefinger festhalten, sondern auf die flache Innenhand legen. Ibu reagiert dann sofort. Der Erfolg wird mit einer speichelbenetzten Hand des Gebenden quittiert.

Es ist immer wieder ein Schauspiel, wenn Whisky und Ibu aufeinander treffen. Es gibt zwei Szenarien. Entweder geht Whisky mit einem Mitglied seiner Großfamilie an unserem wirklich langen Zaun vorbei. Ohne Zwischenfälle. Ibu ignoriert seine Präsenz, denn er selbst ist letztlich auf seinem Territorium. Manchmal begegnen sich die Beiden jedoch mit Anhang auf der Straße oder sonst wo. Dann tut Whisky so, als sei Ibu Luft – sagenhaft gekonnt. In gebührendem Abstand passiert Whiskey die Kontaktstelle und registriert alles, jedoch keineswegs Ibu. Wenn allerdings der Abstand auf 8 - 10 m angewachsen ist und beide nach wie vor an der Leine sind, dann geht es los. Whisky dreht den Kopf zu Ibu und kläfft, was das Zeug hergibt. Und kläfft und kläfft. Übrigens habe ich erst neulich von unserem Nachbarn erfahren: Whisky ist eine sie und demnächst läufig.

Drei auf einen Schlag

bu fährt gern Auto. Unseren BMW-Coupé hat uns unser Vater vor Jahren geschenkt. Da war an Ibu noch nicht zu denken. Damit will ich sagen: Wir haben ein hundeunfreundliches Fahrzeug. Andererseits funktioniert es ganz gut, wenn der Vordersitz zurückgeklappt wird und Ibu geschickt auf den ausgeklappten Rücksitz springt. Frühzeitig hat man uns darauf hingewiesen: Tiere müssen nicht nur aus Versicherungsgründen im Auto angeschnallt werden. Also kauften wir einen besonderen Gurt und Halterungshaken, die am hinteren Sicherheitsgurt angebracht werden. Bei Stadtfahrten wird der Halterungsgurt mit einem stabilen Lederriemen am Halsband eingeklinkt. Bei Autobahnfahrten und längeren Strecken erhält Ibu ein besonderes Geschirr.

Wenn wir mit dem Auto unterwegs sind, hat Ibu keine Probleme, im Wagen zurückzubleiben. Das Coupé ist sein sicheres Refugium, in dem es sich vorzüglich schlafen lässt. Öffne ich die Tür, hebt er den Kopf, gähnt kräftig und hat zwei Varianten anzubieten: „Wieso bist du schon wieder zurück; hattest du Probleme?", oder „hey Alter, wurde aber auch langsam Zeit". Diesen Mittwoch haben wir eine Menge zu erledigen und fahren schon sehr früh los. Zunächst ein Arzttermin. Wir sind spät dran, zumal der Bielefelder Stadtverkehr heute relativ staugefährdet ist. Gleich vor der Praxis kann ich parken, schnell noch die Jacke ausgezogen und los geht`s. Als ich zum Wagen zurückkomme ist das Malheur offensichtlich. Meine nagelneue Regenjacke auf dem Vordersitz ist zerrissen. Ibu liegt hinten seelenruhig auf seinem Platz und schaut mir teilnahmslos zu, als ich mit dem zerfetzten Stoff in der Hand die Situation analysiere. Klar, ich hatte die Leckerchen in der rechten Jackentasche. Die war mit einem Reißverschluss versehen und Ibu hatte offensichtlich nichts unversucht gelassen, um daran zu kommen. Da das unüberlegte Ablegen der gehaltvollen Jacke auf dem Vordersitz auf das Konto meiner eigenen Dämlichkeit ging, musste ich zwar kurz schlucken, vermied es aber, Ibu mit irgendwelchen Vorwürfen zu begegnen. Also auf zum nächsten Termin. Zuvor legten wir jedoch noch einen einstündigen Spaziergang im Marschtempo ein.

Nun ins Fitnessstudio, wo ich mich im Gegensatz zu 99 % der Anwesenden kaum an den Geräten abarbeite, sondern auf einer flachen Matte meine orthopädischen Übungen zur Vermeidung von Rückenschmerzattacken absolviere. Die paar Leckerchen, die ich nach dem Walking zuvor aus dem Kofferraum geholt hatte, legte ich wohlweislich in gebührendem Abstand zu Ibu in eine kleine Ablage unter dem Radio. Ich hatte mich schon gewundert, wie es Ibu, der beim Parken immer mit seinem Lederriemen angeschnallt ist, gelungen war, Herr der Köstlichkeiten auf dem Beifahrersitz zu werden. Durch viele Verrenkungen und lange Pfoten hatte er doch Erfolg gehabt. Diesmal waren die Leckerchen unter dem Radio zweifelsfrei vor ihm sicher.

Als ich nach anstrengendem Training aus dem Studio kam und auf unser Auto zusteuerte, schrecke ich zusammen. Die Warnblinkanlage unseres weinroten Coupé zieht alle Aufmerksamkeit auf sich. Ich laufe zum Auto. Wo ist Ibu? Wurde der Wagen aufgebrochen? Mein Portemonnaie lag dort auch. Ich blicke in das Fahrzeug. Bis auf das Blinken und die neugierigen Umstehenden ist alles normal. Der Pkw ist abgeschlossen. Ibu liegt unbeteiligt auf dem Rücksitz und schläft den Schlaf der Gerechten. Zum Teufel, was war passiert? Es gab nur eine Erklärung. Ibu hatte versucht, an die Leckerchen unter dem Radio zu kommen. Vergeblich. Dabei hatte er wohl die Warnblinkanlage eingeschaltet. Der Schaltknopf befindet sich auf der Mittelkonsole.

Für heute habe ich auch den Auftrag, noch ein paar Lebensmittel einzukaufen.

Also zu Aldi. Die Sonne ist prall, deshalb suche ich einen schattigen Bereich. Ich kann den Wagen vor einer Ladenzeile abstellen. Zwischen der Reihe der parkenden Autos und den mit Büschen umsäumten Geschäftsbauten befindet sich ein ca. 2 m breiter Fußweg für die Kunden des Einkaufszentrums. Das Autodach habe ich halb geöffnet, die Fenster etwas herunter gelassen. Flugs öffne ich noch die Seitenfenster, denn bei unserem Coupé kann man sie seitwärts kippen. Beim Discounter läuft alles bestens, sodass ich später zu Hause nicht mit Reklamationen zu rechnen habe. Ich gehe zurück zum Auto, und traue meinen Augen nicht. Das kann doch nicht sein. Unser Coupé steht nicht mehr in Reih und Glied mit den anderen Fahrzeugen, sondern versperrt als einziges Auto den Fußweg. Die Fahrzeugschnauze ist im mächtigen Gebüsch versunken und gleichzeitig an eine Betonsäule geprallt.

Wieder muss ich heute losspurten. Ein Blick in den Wagen zeigt: Ibu schläft. Sofort kriegen einige Einkaufswillige mit, dass ich zu dem Wagen gehöre. Ich springe in den Wagen, nachdem ich die Plastiktasche mit den Lebensmitteln hastig im Kofferraum abgelegt habe, lasse den Motor an und setze den Wagen zurück. So, nun steht er wenigstens wieder in einer Flucht mit den anderen Vehikeln. Mittlerweile haben sich einige Augenzeugen enthemmt und Mut gefasst. Sie starten mit Sprüchen und ich höre auch einige Beschimpfungen. Ob ich denn zu blöd sei, ein Kraftfahrzeug richtig abzustellen. Andere glotzten mich einfach nur hämisch an, eine feine Dame attestierte mir Rücksichtslosigkeit und war wohl der Meinung, ich hätte den Wagen aus Bequemlichkeit mitten auf den Fußweg gestellt. Ein ganz Schlauer bemerkte grinsend nach kurzer Inspektion, dass die Büsche dem Lack recht gut zugesetzt hätten.

Es stellte sich heraus: Die Sträucher hatten als Prellbock gewirkt und einen Schaden am Gebäude verhindert. Ich hatte vergessen, den Gang einzulegen und die Handbremse anzuziehen. Das Areal war offensichtlich etwas, abschüssig, usw., usw., usw.

„Ich habe noch nie vergessen, beim Parken den Gang einzulegen", murmelte ich halblaut.

„Das passiert schon mal bei dieser Hitze, da macht man Fehler", tröstete mich plötzlich ein junger Mann. „Was wäre passiert, wenn dort eine alte Frau oder Kinder entlang gegangen wären?", empörte sich ein anderer Zeitgenosse von halbrechts. Ok, ich hatte Mist gebaut. Aber auch das Geifern durch Unbeteiligte hat Grenzen. Ich knöpfte mir den größten Empörer vor, trat ganz nah an ihn heran. Kopf an Kopf. Ich merkte, dass er einen schlechten Atem hat. Wahrscheinlich denkt er das gerade auch von mir. Ich blicke ihm stechend in die Augen. Merke, dass er unsicher wird und glücklicherweise nicht aggressiv. „Haben Sie einen Führerschein?" Da mein Opfer nicht blitzschnell antwortet und zu lange denkt, nutze ich die Chance und wiederhole meine Frage. Nun aber so laut, dass es auch der Schwerhörigste unter allen Schaulustigen mitbekommt: „Haben Sie einen Führerschein?" Ziemlich leise antwortet mein Kombattant: „Ja". „Und Sie haben noch nie einen Fehler im Straßenverkehr gemacht?" Er antwortet nicht! Zumindest nicht in der von mir gewünschten Schnelligkeit. Ich interpretiere dies in Sekundenbruchteilen als Schuldeingeständnis und setze nach: „Also werden Sie hier nicht so frech und vergreifen Sie sich nicht im Ton".

Dabei ziehe ich meinen Kopf wieder zurück, sodass ich die warme, saubere Sommerluft wieder unbeeinträchtigt einatmen kann, drehe mich zur Seite, steige in den Wagen und fahre mehr oder weniger unauffällig davon. Völlig unbeeindruckt von diesem Theater lag Ibu auf dem Rücksitz und ruhte sich aus.

Auf der Heimfahrt habe ich mich richtig geärgert. Über mich selbst. Ich habe noch nie vergessen, beim Parken den Gang einzulegen. Dabei fällt mein Blick auf den Sitz rechts. Dort lag und liegt ein Werbeblatt. Reklame für eine neue Hundeschule. So wie es neben mir liegt, ist es geknüllt, irgendwie benutzt. Ich stutzte. Ich schwöre. Vorhin lag es dort auch, aber druckfrisch und unbenutzt.

Der Verdacht keimt auf. Tatsächlich. Die Leckerchen unter den Armaturen. Sie sind weg. Einschließlich des sie verhüllenden und aufbewahrenden Plastiktütchens. Ibu! Wie hatte es dieser Hund geschafft, an die Leckerchen zu kommen und dabei den Schaltknüppel in die Leerlaufstellung zu stupsen? Danach muss der Wagen ins Rollen gekommen sein. Man, Ibu, Burschi.

Die Beweisführung konnte beim Abstellen des Autos in der Garage abgeschlossen werden. Wie auch immer der Hund es gemacht hat. Die Schnalle des Lederriemens war geöffnet. Ibu sprang ohne das Ritual des Lösens des Karabinerhakens gutgelaunt aus dem Coupé, an der linken Pfote hing noch das Plastiktütchen. Natürlich ohne Inhalt.

Der Schuss

Heute ist wieder eine Tour durch den Teuto angesagt. Unser Haus liegt direkt an einem waldigen Ausläufer der Senne, der dann unmittelbar in den Teutoburger Wald übergeht. Dort gibt es viele Wege in alle Himmelsrichtungen, übrigens auch den 156 km langen Hermannsweg. Allerdings macht es auch Spaß, durch den Wald zu pirschen und die Natur noch intensiver zu erleben.

Zunächst streunten wir leinenlos durch das Niederholz, später bewegten wir uns auf einem Waldweg Richtung Osten. Diesen Weg kennen wir recht gut. Er wird regelrecht frequentiert. Heute war ausnahmsweise nichts los. Kein Mensch, kein Hund weit und breit. Ibu wurde schon ein wenig mürrisch, tappst nach links, dann wieder auf die andere Seite. Wir kommen an eine Wegkreuzung. Ich schaue nach Osten, nach Westen (also zurück), nach Norden und natürlich auch nach Süden. Nichts in Sicht. Nach Süden ist der Waldweg ca. 300 m einsehbar. Auf der rechten Seite begrenzt eine lang gezogene Vertiefung diesen Weg. In dieser Mulde hat es vor Jahr und Tag eine Mülldeponie gegeben, die inzwischen völlig verwildert und mit hohen Bäumen bewachsen ist.

Nochmals schaue ich gedankenlos in alle vier Himmelsrichtungen. Da fällt ein Schuss. In unmittelbarer Nähe. Ich erstarre. Ibu ist 3,5 m neben mir und hebt blitzschnell den Kopf. Dieses Mal kommt er schon nach dem ersten Kommando zu mir und sitzt dicht neben mir ab. Ich nehme ihn an die Leine. Woher kommt der Schuss? Zweifellos wurde er aus unmittelbarer Nähe abgegeben. Ich war beim Bund und es war mir klar, dass es sich bei der Waffe auf gar keinen Fall um ein schwachschüssiges Luftgewehr gehandelt haben konnte. Aber ich sehe niemanden. Hier gibt es auch keinen Hochsitz. Plötzlich bemerke ich hinter einer Buche einen Leuchtstreifen. Da steht doch jemand hinter dem Baum? Einen Steinwurf entfernt – so ca. 10 m?

Ich rufe, laut und kräftig. "Hallo Sie, sind Sie allein?" Keine Reaktion. Ich sehe eine leichte Bewegung. Jetzt bin ich sicher, einen

Rücken zu sehen. Ist der schwerhörig oder hat er es auf uns abgesehen? Ich brülle noch lauter." Hey, sind Sie allein? Gaanz langsam dreht sich dieser Rücken zu uns um, ich höre ein Knacksen und wir sehen einen Forstmann, der nun sehr bedächtig mit geschultertem Gewehr auf uns zu zukommt. Ibu bleibt ruhig im Sitz. Nach gefühlten zwei Minuten steht er uns endlich gegenüber. Er stellt sich vor. "Mein Name ist Browitsch. Ich bin der Pächter dieses Waldstücks und habe gerade ein Reh geschossen. Es liegt unten in der Mulde". – Pause.

Der Forstmann war somit in Wahrheit ein Bauer, immerhin ein Schussberechtiger.

Er war ein recht freundlicher Mensch. Wir haben uns bestimmt 15 Minuten – nunmehr entspannt - unterhalten. Gleich zu Beginn des Gesprächs empfahl er mir, Ibu heute unbedingt an die Leine zu nehmen, weil wir uns mitten in einem Treibjagdgebiet befänden. Er rechnete damit, dass die Treiber in Kürze vom Wald herunterkämen. Die Wege seien deshalb hier auch abgesperrt. Ich müsse wohl direkt durch den Wald gekommen sein.

Gespräch am Zaun

Die nächste Geschichte gibt's ein par Tage später zu erzählen. Es ist eine, die wir nur weitererzählen. Sie ist eigentlich unglaublich, aber doch glaubwürdig.

Unser Nachbar, Whiskys Chef, berichtete drei Tage später beim Plausch am Gartenzaun über ein aufregendes Erlebnis. Auch er war mit seiner Hündin in den Wald spaziert, an einem Sperrband vorbei. Wie es bei den beiden wohl üblich ist, ließ er Whisky in der Einsamkeit des Waldes frei laufen. Wir hatten ja früher schon erfahren, dass Whisky eine kleine Streunerin und ihre Reaktionen auf Kommandos launenabhängig ist. An dem Tag sei Whisky ungewöhnlich aufgeregt gewesen. Er habe sie gerufen und gerufen, aber sie sei nicht zurückgekommen. Auf einmal entdeckt unser Nachbar am Waldwegesrand Blut. Er stutzt und plötzlich ist auch Whisky wieder zurück, bekommt daraufhin ein Leckerchen und haut sofort wieder ab. Der liebe Nachbar ruft und ruft und ruft wieder. Keine Resonanz. Er geht weiter, hört Menschen und nähert sich einem Pferdeanhänger, an dem gearbeitet wird. Interessiert nähert er sich dem Anhänger. Ein Weidmann rackert sich ab, ein noch blutendes, totes Rotwild zu verfrachten. Doch dabei wird er immer wieder gestört. Von Whisky, die er immer wieder verjagt. Dem lieben Nachbarn gelingt es, seine Gefährtin an die Leine zu nehmen und muss nun den heftigsten Zorn des Jägers ertragen. Mehrfach habe er die schwarze Hündin sein Wild jagen sehen. Das würde er nicht mehr dulden. Und um seine Warnung zu unterstreichen, nimmt er aus seinem Gürtel eine Gewehrpatrone, hält sie unserem Nachbarn entgegen und faucht: „ Mit dieser Patrone, ja mit dieser Patrone werde ich Ihren Hund nächstes Mal erschießen, wenn ich ihn erwische." Betroffen beenden wir unser Gespräch an unserem Bonanza-Zaun.

Der seufzende Ofenkriecher

D iese Geschichte erzählen wir Ihnen, damit Sie Ibu noch besser kennen lernen.

In unserem bescheidenen Domizil haben wir einen Kaminofen. Das ist eine tolle Sache und mindestens dreimal im Jahr beteuern wir uns gegenseitig, dass der Kauf dieses Holzofens eine unserer besten Entscheidungen war. Wir benutzen ihn oft, sehr oft. Selbst bei Temperaturen um 19/20 Grad wird der Ofen angeschmissen. Offen gesagt, nimmt das Ganze manchmal auch dekadente Formen an: Das Holz brennt und die Terrassentür ist angelehnt...Es ist nun mal so, solch ein Ofen trägt erheblich zur Gemütlichkeit bei, lädt ab und zu zum Kuscheln ein oder prosaisch: Es ist stets angenehm warm.

Sie haben sicherlich von der landläufigen Meinung gehört, allzu häufig hätten Frauchen bzw. Herrchen gewisse Ähnlichkeiten? Hinsichtlich des Erscheinungsbilds mag ich das bei uns nicht beurteilen. Ibu ist recht groß, schlank, unglaublich muskulös usw. usw. Gemeinsamkeiten gibt es allerdings durchaus. Sie sind frappierend. Dazu muss ich etwas ausholen. Wir alle haben unseren täglichen Stress und unsere persönlichen Belastungen und jeder Mensch geht damit bekanntlich unterschiedlich um. Manche dämpfen ihre Probleme, indem sie rauchen, andere entlasten sich durch Sport oder Meditation, andere wiederum holen sich einen seelischen Ausgleich, indem sie ihre Mitmenschen volllabern. Genau genommen gibt es ein ungeheuer breites Spektrum an Möglichkeiten und letztlich de facto Gewohnheiten, sich mental und seelisch zu erleichtern.

Wir, meine Frau und gleichermaßen leider auch ich, haben auch unsere Marotten. Eine davon ist das Seufzen. Dieses tiefe, geräuschvolle Einatmen, dem sich ein noch geräuschvolleres Ausatmen anschließt. In einer Weise, die nicht nur unüberhörbar ist, sondern Anwesende aufhorchen und zum Reagieren veranlasst. Dieses Turboseufzen lässt sich nicht in Worte fassen, man muss es einfach gehört haben. Es ist ein probates Mittel, um latente oder präsente geistige Belastungen zu mildern.

Gestatten Sie mir einen Vergleich, auch wenn er anzüglich sein sollte. Auf der somatischen Ebene ist das tiefe Seufzen mit einem Furz vergleichbar. Diese Situation kennen Sie, insbesondere die Älteren unter uns. Sie haben schmerzhafte Blähungen und gleichgültig, wo Sie sich gerade befinden, Sie lassen einen ab. Falls Ihre Erleichterung in einem Kaufhaus stattfinden muss, eilen Sie zwar mit unschuldigem Gesichtsausdruck desinteressiert von dannen, nicht ohne eine markante Duftmarke zu hinterlassen; doch noch während dieser Phase des Flüchtens fühlen Sie sich ungeheuer erleichtert, geradezu unbeschwert. Auf der mentalen Ebene passiert beim Seufzen das Gleiche. Meistens ist die Ursache für das Seufzen nur ein Pseudoproblem. Nichtsdestotrotz fühlen Sie sich danach wie beflügelt. Nun komme ich zum Kern meiner ausufernden Erkenntnisse.

Ibubesi, unser Hund, seufzt. Regelmäßig und leidenschaftlich gern. Wir wissen nicht, woher er das hat. Wir fragen uns dann, ob er psychische Probleme hat. Er liegt da und wie aus dem Nichts holt er ganz langsam tief Luft und stößt sie kurz darauf lang anhaltend eine Oktave tiefer aus. Dann dreht er den Kopf zu einem von uns, zieht eine Augebraue hoch und,.....ja, was denkt er jetzt?

Ab 19 Grad Außentemperatur wird im Wohnzimmer mit Holz geheizt. Meine Frau mag die Wärme, ich mag die Wärme und die unbeschreibliche Atmosphäre der flackernden Holzscheite. Ibu ist jedoch von der Ausstrahlung des Ofens regelrecht magnetisiert. Sowie der Ofen in Fahrt kommt, also Hitze abstrahlt, verlässt er unauffällig seinen reservierten Platz an der Zentralheizung und legt sich mit seiner kolossalen Länge an den Kaminofen. Da mögen Kiefer, Birke, Buche oder Eiche flackern, lodern oder glühen, Ibu liegt am Ofen. Wenn ich Holz nachlege, wird er unwirsch, weil ich ihn sicherheitshalber beiseite nehme.

Seit letzter Woche bemerke ich, dass sich bei Ibu neue Allüren entwickeln. Es gibt zunehmend Situationen, in denen Ibu olfaktorisch auf sich aufmerksam macht. Er hat Blähungen und diesen lässt er dann geräuschlos freien Lauf. Diesen Dienstag liegt er abends wieder vor dem Ofen und diesmal entfleucht ihm ein Pups. Sein eigenes Geräusch weckt sofort seine Aufmerksamkeit, so dass er den Blick auf den Tatort richtet. Nun aber ein ganz markanter Blick zu meiner Frau und sofort ein noch ausdrucksvollerer zu mir. Was hat das denn nun wieder zu bedeuten?

Ein Bild für die Götter

Aus beruflichen Gründen haben wir zwei Autos. Den roten BMW kennen Sie. Unser schnittiges Coupé, in dem sich Ibu auf dem Rücksitz stets sehr wohl fühlt. Er schläft dort recht oft, weil ich häufig unterwegs bin. Meine Frau fährt einen Smart. Ein flinkes Auto, mit dem ich manchmal fahren darf. Das macht mir immer großen Spaß. In dieser Woche ist meine Frau mit der Deutschen Bundesbahn auf Reisen. Ich freue mich, dass ich den Flitzer zur Verfügung habe. Einiges ist zu erledigen. Hintere Klappe oben und unten öffnen und eine direkte Einladung an Ibu, einzusteigen bzw. hineinzuhüpfen. Na klar, vor der ersten Fahrt mit dem Smart wird erst einmal argwöhnisch geschnuppert und nochmals geschnuppert. Dann springt Ibu in vollem Vertrauen zu seinem Herrchen in den Wagen und nimmt Platz. Klappen zu. Ibu ist etwas verdutzt, als ich auf dem Fahrersitz Platz nehme. Hier ist es doch sehr eng und wir beide sind uns sehr nah. Der 20 cm Abstand zwischen uns ist verlockend und ich muss Ibu nötigen, das breitflächige Schlecken an meinem Hinterkopf und meiner rechten Schläfe einzustellen. Ich gebe zu, so richtig kann er sich im Kofferräumchen des Smart nicht bewegen. Letztendlich haben wir das Einkaufszentrum schnell erreicht. Alles ist ruckzuck erledigt. Zurück zum Smart. Obere Klappe öffnen, untere Klappe öffnen. „Alles ok? Dann rein." Ibu legt den Kopf nach links, dann ein wenig nach rechts, zieht die Augenbrauen nacheinander hoch und sitzt da. Stocksteif. Nichts, aber auch nichts kann ihn bewegen, in den Wagen zu springen. Gute Worte, Ermunterungen, Motivationshilfen, Leckerli, strenge Worte. Nichts hilft, um Ibu aus seiner Haltungsstarre zu lösen.

Ich bin betroffen. Unser sensibler Hund bemerkt meine Hilflosigkeit und erbarmt sich. Er springt in den Wagen. Endlich. Statt es sich im „Fond" nun relativ gemütlich zu machen, schlängelt sich Ibu directement durch die beiden Sitze und nimmt Platz. Immerhin rechts. Ibu genießt die Situation. Auf dem Beifahrersitz eröffnet sich für ihn eine völlig neue Perspektive und er mustert aus dieser

Position aufmerksam, was um den Smart herum so alles passiert. Na gut, denke ich. Zumindest ist er ja schon mal im Auto. Klappen hinten zu. Rechte Tür öffnen. Ich beginne mit dem Versuch, Ibu zu überzeugen, in den „Fond" zurückzukehren.

Die lange Geschichte auf den Punkt gebracht: Alle Bemühungen, Ibu wieder nach hinten zu bugsieren, waren erfolglos. Weder ein schmackhafter Snack, natürlich auch keine guten Worte, noch sanftes Schubsen konnten ihn bewegen, den Beifahrersitz des Smart zu verlassen. Er genoss, auf diesem Thron zu residieren. Der Ausblick war für ihn einfach nur grandios. Ich hatte nicht die geringste Chance.

Ziemlich angesäuert drückte ich mich auf den Fahrersitz. Seine linke Pfote hatte er auf meiner Seite neben den Schaltkopf gesetzt. Aus Gnatz schiebe ich seine Pratze beiseite. Das störte ihn überhaupt nicht. Er balancierte sein Gewicht mit einer galanten Bewegung aus und dann war für ihn die Sache gegessen. Sein kurzer Blick und der folgende Augenaufschlag ließen nur eine Interpretation zu. Von dir lasse ich mich nicht provozieren, - im Moment erst recht nicht. Die Heimfahrt auf der vierspurigen Ausfallstrasse war eine Tortur. Altersbedingt bin inzwischen nur noch 1,82 m lang. Es wird Ihnen auch schon aufgefallen sein; auch bei relativ großen Menschen sieht man im Smart vom Fahrer nicht viel mehr als die Schulterpartie und den Kopf. Meiner ist relativ klein. Neben mir ein Hund mit einem wuchtigen Oberkörper und einem riesigen Kopf.

Auf dieser Rückfahrt war Ibu außerordentlich aufgeweckt: Er beäugte alle überholenden Fahrzeuge aufmerksam und neugierig. Manchmal schaute er auch angestrengt nach vorn, um aufzupassen, ob ich gerade ordnungsgemäß fahre. Jede Sekunde, aber auch jede, zogen wir die Aufmerksamkeit der vorbeifahrenden Autos auf uns. Da gab es staunende Blicke, Feixen, Gejohle oder Bremsvorgänge, um mehr von uns zu erhaschen. Es muss ein Bild für die Götter gewesen sein. Für mich war es eine Spießrutenfahrt. Quintessenz. Einmal im Smart und - bisher - mit Ibu nie wieder.

Familiäre Dissonanzen

Meine Frau hat im Sinne von zahlreich eine große Familie. Aus gewissen Gründen haben wir nur noch mit einem Bruder und einer Schwester Kontakt. Karins Ehemann heißt Harry. Sie haben einen Jack-Russel. Tequila ist ein Rüde, mag aber selbst grundsätzlich keine Geschlechtsgenossen. Deshalb haben Karin und Harry beim Ausgehen oft Stress.

Als Ibu Familienmitglied wurde, wollten alle Beteiligten vermeiden, dass Rüde Klein-Tequila und Rüde Groß-Ibu zusammenstoßen und – ich nenne es einmal aktiv aversionieren. Karin mag Hunde und Ibu besonders. Er ist auch ein Charmeur par excellence. Mit anderen Worten. Karin kommt uns ab und zu besuchen. Eigentlich aber nur wegen Ibu. Dann hat sie jedes Mal unglaublich viele Leckerlies dabei: Straußenknochen, Sardinenstangen, Kaninchensteckerl und viele andere teure Naschies.

Da Karin bei ihren Besuchen in der Regel nur ca. 17 Minuten bleibt, müssen diese schmackhaften Geschenke innerhalb kürzester Zeit an den Hund gebracht werden. Wenn Karin kommt, ist Ibu kregel. Noch im Flur wird er durch Karins Anwesenheit mit einem besonderen Appetizer belohnt. Den schnappt er sich und verschwindet pfeilschnell im Garten, um ihn zu genießen. Das gleiche Ritual findet ein paar Minuten später statt, wenn Karin den Freundschaftsdienst wiederholt. Meine Frau und ich werden mit jedem Leckerli stinkiger, weil wir selbst damit dosiert umgehen. Wir beschränken uns auf viel sagende Blicke, um Zoff mit Karin zu vermeiden.

Aber hoppla. Ibu ist kein Gourmand, Ibu ist ein Gourmet! Ab der dritten Aufmerksamkeit in Form eines exotischen Leckerlis, greift Ibu nach wie vor mit großem Elan schwanzwedelnd nach der Köstlichkeit, rennt in den Garten und verscharrt sein Geschenk. Das wiederholt sich bei allen folgenden Zuwendungen. Karin bekommt davon Gott sei Dank nichts mit, weil sie im Wohnzimmer auf dem Sofa sitzt und mit uns Konversation übt.

Nun sind wir alle froh. Karin, weil sie Ibu große Freude bereitet hat, Marita, weil sie sicher sein kann, dass Ibu nicht alles verdrückt hat und keine Gefahr besteht, dass er morgen wegen der ungewohnten Nahrung die nächsten drei Tage unter Diarrhö leidet und auch ich, weil es heute zwischen den beiden Schwestern keinen Stress gegeben hat.

P. S.: Am nächsten und übernächsten Tag hat Ibu seine Geschenke nacheinander wieder ausgegraben und genüsslich verzehrt.

Bodybuilding

Wir sind wieder auf Reisen: Ibu ist meistens dabei. Bei längeren Autofahrten mieten wir uns einen Kombi, damit der Hund ausreichend Platz hat. Außerdem haben diese Fahrzeuge im Gegensatz zu unserem betagten Coupé eine Klimaanlage. Ibu hat mit diesem Fahrzeugwechsel und auch mit 6 - 8-stündigen Fahrten keine Probleme. Seelenruhig ruht er auf dem ihm zugewiesenen Platz. Hauptsache, wir sind dabei.

Diese Reise führt uns an den Bodensee. Wie Sie wissen, gibt es dort wunderschöne Orte, viele Sehenswürdigkeiten und eine außerordentliche Gastronomie.

Kennen Sie zum Beispiel Wasserburg? Phantastisch diese Burg, der See, das Ambiente des Restaurants. Als wir uns dem Burgtor nähern und Ibu ca. acht Meter voraus am Burgtor kurz sein rechtes Bein hebt, schaut plötzlich der Patron des Hauses in Chefkoch-Montur um die Ecke. Sofort hat er nicht uns, sondern Ibu im Blick. Mir schwant nichts Gutes, mit anderen Worten Ungutes. Ich rufe Ibu. Mit schnellen Schritten bewegt sich der Chef auf Ibu zu und für mich völlig unerwartet knuddelt er Ibu wie verrückt. Ganz beglückt wirft er nun endlich auch einen Blick zu uns, und ruft uns zu, dass der Burghund auch ein junger Rhodesian Ridgeback sei. Ob Ibu denn auch schon „sozialisiert" sei? „Natürlich". Ich bin perplex.

Inzwischen sind wir Vier im beeindruckenden Burghof angekommen. Der Burgchef fragt, ob er seinen Ridgeback auch holen soll? „Natürlich". Der Patron ruft seine Frau, die wiederum Mogli, den Burgbewacher. Aber irgendwie klappt es mit den Beiden nicht, mit Ibu und Mogli. Ibu hebt kurz den Kopf und knurrt den jungen Kerl sofort an. Der zieht im wahrsten Sinne des Wortes den Schwanz ein und wir alle brechen das Rendezvous ab. Trotzdem sind wir gern gesehene Gäste im Burgrestaurant. Aufgrund der frühmittäglichen Zeit und des unfreundlichen Winterwetters waren wir zunächst die einzigen Gäste. Der Chef de Cuisine war somit nicht ausgelastet. Diese Chance nutzte er nun gnadenlos aus. Wir

hielten uns ca. eine Stunde in diesem stilvollen Ambiente auf. Drei-
viertel dieser Zeit war der Maître um uns herum. Er selbst hatte
einen hübschen Ridgeback. Ibu faszinierte ihn jedoch offensichtlich. Zunächst musste seine Frau Ibu noch einmal betrachten, dann
wurde der Oberkellner gerufen, danach unterhielten wir uns wieder
allein mit ihm über Ibu. Dann zitierte er das Zimmermädchen und
den Facility-Manager, auch den zweiten Kellner, der gerade seinen
Dienst antreten wollte. Zwischendurch rief ihn die Küche. Nach ein
paar Minuten zog ihn Ibu wieder magisch zu uns. Soviel Begeisterung steckt an und auch wir waren begeistert. Insbesondere als wir
aufbrachen, der Burgchef sich von uns verabschiedete und uns
bzw. Ibu mit dem Ausruf entließ: „Du bist der Arnold Schwarzeneg-
ger unter der Rhodesians."

Pensionsverbot

An diesem Wochenende sind wir spontan! Heute Morgen haben wir uns entschlossen, Maritas Bruder in der Reha zu besuchen. Per Internet hat meine Frau in Windeseile in Bad Bevensen in einer Pension ein Zimmer für eine Nacht reserviert. Vorsorglich hatte sie dort angerufen und gefragt, ob Hunde willkommen sind. Am anderen Ende der Leitung war der Pensionsinhaber persönlich und fragte, wie groß denn der Hund sei. Meine Frau antwortete wahrheitsgemäß. „Ca. 60 cm."-„In Ordnung, kein Problem."

Die Ankunft und Begrüßung in der Pension am Waldessaum war erinnerungsrelevant.

Der Inhaber, ein extrem hektischer, stets schwitzender Typ, erschrak fürchterlich, als er Ibubesi sah. Offensichtlich hatte er beim Telefonieren am Tag zuvor Zentimeter mit Millimetern verwechselt. Alles Weitere möchte ich nur in Steno berichten:

- wir waren sauer, weil entgegen der Absprache uns kein Zimmer mit einem Doppelbett zu Verfügung gestellt wurde. Stattdessen krönten den Raum zwei an unterschiedlichen Wänden abgestellte Seminarbetten (sorry, aber ich kuschele nun mal gern). Unsere Reklamation schmetterte der Inhaber schweißstirnig ab; es gäbe in diesem Etablissement keine Zimmer mit Doppelbetten

- Maritas Bruder hat sich über den unerwarteten Besuch riesig gefreut

- abends haben wir ein gemütliches Lokal gefunden und erstmals Krätzer verspeist

- jetzt kommt`s: Am nächsten Morgen wollen wir in der Waldpension in Begleitung von Ibu frühstücken, da bedeutet uns der morgenverschwitzte Inhaber: "Frühstücken ja, aber nicht mit dem Hund. „Wie bitte?" Verbot für Ibu im Frühstücksraum?

Im ersten Moment fehlten mir die Worte. Dann wurde ich sauer und meine Sprachlosigkeit wich der Sprachfähigkeit. Unüberhörbar für alle Waldsaumpensionsgäste brachte ich meine Empörung zum Ausdruck. Schnell musste ich mich allerdings zurückpfeifen, weil sich nun meine Frau rhetorisch warmlief. Solche Situationen sind mir nämlich peinlich, wenn Paare ihren Unmut ohne Rücksicht auf den Wortschwall des anderen wortgewaltig ablassen. Aus diesem Grund lautet übrigens meine prinzipielle Ansage an meine Frau: Entweder du oder ich, aber bitte nicht beide.

Kurz und gut. Wir verließen die Pension ungefrühstückt. Kurz darauf haben wir bei der Rückfahrt in einem netten Bistro eine Frühstückspause eingelegt. Dabei gab es viel Gesprächsstoff. Der deckte einen breiten Spannungsbogen ab und reichte vom Zorn auf den Pensionsfuzi bis zur philosophischen Einsicht, dass das in diesem gemütlichen Bistro kredenzte Frühstück mit Sicherheit viel besser sei.

Okerwiesen

Wir besuchen unsere Familie in Braunschweig, der Stadt Heinrichs des Löwen – übrigens auch des Kaisers Otto IV. Einen Nachmittag machen wir einen Abstecher nach Wolfenbüttel, das noch mit sehr vielen mittelalterlichen Fachwerkhäusern aufwarten kann und natürlich auf das prachtvolle Schloss, die zeitweilige Residenz der Welfen, stolz ist. Braunschweig und Wolfenbüttel sind nicht nur historisch verbunden, auch geografisch: Die Oker schlängelt sich durch beide Niedersachsenstädte. In Wolfenbüttel gibt es am Rande des Örtchens recht weitläufige Wiesen, die im Frühjahr und im Winter sehr viel Wasser auffangen und dann ein ausgedehntes Flussbett bilden.

Es ist wieder einmal ein kalter, diesiger Tag, an dem Ibu mit seinem Herrchen in den Okerwiesen zu Wolfenbüttel seine Runden zieht. Als wir uns auf den Weg machen regnet es in Strömen. Für den Leser, der sich in Wolfenbüttel auskennt: Wir starten am alten Wasserwerk und spazieren flussabwärts entlang der Oker. Zunächst führt der Weg direkt am Wasser entlang, später entfernt er sich vom Quellwasser des Harzes. Es gibt ein paar harmlose Begegnungen mit anderen Zwei- und Vierbeinern. Nach ca. einer Stunde treten wir den Rückmarsch an. Zunächst nehmen wir denselben Weg. Dann weichen wir vom Hauptweg ab und bewegen uns auf einem Trampelweg in Richtung Oker, die in diesem Jahr sehr viel Wasser führt. Der Pfad - inzwischen recht nahe der Oker - erweist sich jedoch als suboptimal. Er wird weicher und weicher. Manchmal sacke ich knöcheltief ein, und die dunkle, leise aber doch stromstarke Oker neben uns lässt bei mir leichte Gänsehaut aufkommen, zumal das Ufer infolge des Hochwassers nicht befestigt ist und sumpfiger Boden und Okerwasser ineinander übergehen. Allerdings ist der Hauptweg in einer Entfernung von vielleicht 150 m noch recht gut sichtbar. Und das beruhigt mich, auch wenn er auf direktem Wege nicht zu erreichen wäre. Auch die Richtung stimmt. Das Gelände zwischen diesem Hauptweg und uns ist unübersichtlich. Gras und Schilf sind teilweise meterhoch. Der Regen wird stärker. „Ibu, lass uns umdrehen und über den Hauptweg zum alten Wasserwerk zurückkehren."

Ich mache kehrt. In diesem Moment sprintet Ibu hinterher. Ja, hinter was her? Ein Okerauenkaninchen? Ein Moorhase? Ein Fasan kann es nicht sein, denn der flöge ja weg. Auf jeden Fall war das Tier extrem schnell, sodass sich Ibu extrem anstrengen musste. Beide laufen in Richtung Sumpf. Zwei, drei Sekunden konnte ich sie noch sehen, dann waren sie im Schilf verschwunden. Mein Rufen blieb natürlich ohne Resonanz. Das sich ruckartig bewegende Schilf ließ erahnen, wo sich Jäger und Gejagter gerade befanden. Die Distanz wurde immer größer, mittlerweile vielleicht 50 oder 60 m. Die Lage war nun völlig aus der Kontrolle. Und dann passierte etwas Unvorhersehbares und Unüberhörbares: Plaaatsch. Wasser spritzt hoch. Weniger laute, aber doch deutlich vernehmbare Paddelgeräusche dringen zu mir herüber. Selbst das Paar auf dem Hauptweg gegenüber versucht verschreckt zu erhaschen, was denn dort passiert ist. Ich bewege mich vorsichtig auf dem Weichpfad zur Seite und stehe kurz vor einem Schock: Ibu ertrinkt. Er bewegt sich wild und befindet sich mitten in einem ca. 6 m breiten Seitenarm der Oker. Es hilft nichts. Ich muss zu ihm. Also weiter in den Sumpf. Ich wate über Sumpfdotterblumen, verdreckten Rasen, modrigen Untergrund und sinke immer mehr ein. Meine Boots muss ich mit jedem Storchenschritt mühsam aus dem Morast herauszerren. Soweit es das verdammte Schilf zulässt, lasse ich Ibu keinen Augenblick aus den Augen. Mensch, Ibu kann ja schwimmen!

Zumindest hat er sich an das Ufer geplanscht. Allerdings auf die verkehrte Seite. Ibu befindet sich auf der anderen Seite des Flussarms und blickt Hilfe suchend zu mir herüber. Ich bin bis auf ca. 25 m heran. Jetzt geht allerdings gar nichts mehr. Ich stehe bis zu den Knien im Sumpf und kriege allmählich Beklemmungen, offen gestanden sogar Angst. Zum Glück habe ich zu Ibu Blickkontakt. Inzwischen steht er bewegungslos am Ufer, das Gesicht sehr aufmerksam auf mich gerichtet. Er merkt zweifellos, dass ich in Nöten bin. Er wird unruhig, ist unschlüssig. Normalerweise ist Ibu beim Springen über gefällte Bäume, Hecken oder Bäche Weltmeister. Der Wasserarm vor seiner Nase ist jedoch wahrscheinlich zu tief und zweifellos viel zu breit, als dass er hinüber springen könnte, auch nicht mit Anlauf. Ibu wird noch unruhiger. Läuft jetzt am Flussarm nach links, kehrt um, läuft zurück. Nun versucht er es auf der rechten Seite. Damit ist das Problem auch nicht zu lösen. Also ein erneuter Versuch auf der linken Seite. Und wieder zurück. Ich rufe und rufe. Plötzlich gibt sich Ibu einen sichtbaren Ruck, reißt sich regelrecht zusammen, springt mit einem großen Satz alle Viere ausgestreckt in den Flussarm und paddelt zu meiner Uferseite herüber. Ruck zuck ist er bei mir. Die Rute wedelt ganz flink. Ibu freut sich. Ich freue mich genauso. Zurück zum weichen Trampelpfad, dann zum Hauptweg.

Wir sind zwar sehr erleichtert, extrem erleichtert, nach wie vor haben wir allerdings das Problem, völlig durchnässt zu sein. Ibu ist wegen des Okerbads figürlich kaum noch zu erkennen. Auch heftigstes Schütteln änderte wenig. Da wir zumindest gefühlte Minustemperaturen haben, beginnt Ibu Furcht erregend zu zittern; ich schlotterte nicht minder. Da es bereits beim Start unserer Tour regnete, hatte ich wohlweislich ein klein kariertes Frotteehandtuch unter die Jacke gebunden. Ich versuchte nun, Ibu etwas abzutrocknen. Aber das Kleinkarierte war in Sekundenbruchteilen feucht und Ibu nach wie vor pudelnass.

In der Konsequenz machten wir den Rückweg im Trab. Dadurch hielten sich Ibus Zitterattacken in Grenzen. Im Auto mussten dann sämtliche Decken für das Hunde-Rubbelprogramm herhalten. Von Wolfenbüttel haben wir zunächst die Nase voll.

Hier spricht die Polizei

Es war ein Novembertag wie er im Buche steht. Grau, diesig, kalt, bitter kalt. Wir haben uns wieder zum Holter Wald aufgemacht. Ein wunderschönes Stückchen Erde. Hier kann man stundenlang laufen, ohne vielen Menschen zu begegnen. Zumindest in dieser Jahreszeit und bei diesem Wetter. Die Wolken hängen dicht. Man muss aufpassen, dass sie nicht auch die Stimmung herunter drücken. Letztlich lassen wir uns aber davon nicht beeinträchtigen. Ibu springt am Weg ständig hin und her, um sich auf Betriebstemperatur zu halten. Ich habe mich mit dicker Kleidung gegen die Kälte gewappnet und das Stapfen im Schnee hält ohnehin warm. Wir trotten am Ölbach entlang. Der schneebedeckte Boden ist voller Tierspuren und man kann erahnen, wie viel Arbeit ein Hund zu leisten hat, wenn er auch nur einen Teil dieser Fährten erschnüffeln will. Wir steuern auf eine Wegkreuzung zu. Der quer laufende Weg ist durch Gebüsch kaum einsehbar. Immerhin sind wir noch ca. 20 m entfernt. Ich habe gerade die Absicht, Ibu an die Leine zu nehmen, als er mir zuvor kommt. Der Bursche startet durch, wetzt auf die Wegkreuzung zu, schlägt einen Haken in Richtung Osten, ab nach links und ist nicht mehr zu sehen. Ich hetze zur Kreuzung. Nunmehr eröffnet sich der Blick auf einen langen, schnurstracks verlaufenden, breiten Weg: Menschen- und hundeleer.

Ich rufe, pfeife, pfeife und rufe. Keine Resonanz. Das geht so ca. 20 Minuten bzw. eine gefühlte Stunde. Ich muss mich wegen der Kälte bewegen. Zunächst hin und her, dann entlang des Weges. Nach einer halben Stunde werde ich nicht nur immer steifer, sondern auch ratloser. Da das ständige Pfeifen und Rufen erfolglos ist, kommt zu der Ratlosigkeit eine Hilflosigkeit hinzu. Noch einmal vergeht eine gute Viertelstunde, als ich an einer Weggabelung etwas bemerke. Es bewegt sich, es kommt auf mich zu. Ein Jogger. Er hat mich offenbar von weitem mit meiner Pfeiferei wahrgenommen. Der Sportsmann fragt mich, ob er mir helfen kann und bemerkt meine Verzweifelung über den abgehauenen Hund. Er weiß allerdings auch nicht, wie er mir helfen kann. Er möchte nun weitertraben, erkundigt sich aber zuvor, was er tun soll, wenn Ibu ihm über den Weg läuft. Ob er den überhaupt mitkäme. Zuversichtlich bejahe ich seine Frage und schlage vor, Ibu in diesem Fall im Holter Schlosskrug, einem Lokal in unmittelbarer Nähe des Forstes, abzuliefern und mich per Handy zu informieren. Wir tauschen die Telefonnummern aus. Inzwischen ist längst eine Stunde verstrichen. Ich habe Mühe, mich wegen der Kälte und wahrscheinlich wegen des Stresses zu bewegen. Meine Lippen sind aufgerissen, weil die Pfeife aus Metall und gleichzeitig gefroren ist. Deshalb kleben die Lippen im Bruchteil einer Sekunde daran fest.

Ich rufe meine Lebensgefährtin im Büro an, schildere kurz die Dramatik und schlage vor, sie möge - wenn möglich – kommen. Glücklicherweise kann sie sich gleich ins Auto setzen. Ca. einseinhalb Stunden sind seit Ibus Ausriss vergangen. Ein junges Paar mit einem kleinen Hund ohne Leine und einem Säugling auf dem Bauch des Vaters kommt auf mich zu. "Guten Tag, Sie haben es gut." „Wieso?", fragt die junge Mutter zurück. „Na, Sie haben Ihren Hund noch, ich nicht mehr", jammere ich ihnen vor. Sie kapieren. „Vorgestern ist unser hier auch weggelaufen. Wir haben ihn mit der gesamten Familie gesucht und erst nach einer Stunde wieder gefunden. „Schwacher Trost", murmele ich zu mir selbst. Auch den Waldläufern gebe ich meine Telefonnummer. Sie bieten an, mich anzurufen, falls sie Ibu zu Gesicht bekommen. Im gleichen Moment klingelt mein Handy. Meine Lebensgefährtin. Die muss geflogen sein. Sie befindet sich jetzt am Holter Schlosskrug und fragt, was sie tun soll. Das weiß ich eigentlich auch nicht so genau. Dann rate ich, von dort die örtliche Polizei anzurufen. Könnte doch sein, dass irgendein aufmerksamer Holter Bürger einen – wie es in der Polizeiterminologie heißt – sachdienlichen Hinweis gemeldet hat.

Es ist nach wie vor eisig und ich bin deprimiert. Wo ist Ibu jetzt? Irrt er herum? Hat er sich verletzt?

Für einen Ridgeback ist die ca. drei km entfernte Bundesstraße ein Katzensprung, wenn er den Turbo so richtig einlegt. Nicht auszudenken. Die Autos fahren auf dieser Straße traditionell sehr zügig. Dort finden regelmäßig waghalsige Überholmanöver statt. Auf

Autos achtet Ibu ohnehin nicht. Erst recht nicht, wenn er eine Waldhasen-Witterung aufgenommen hat oder ihn sogar vor sich her hetzt.

Mittlerweile sind fast Stunden vergangen. Unser Hund muss fürchterlich frieren. Mist, verdammter Mist. Was soll ich bloß tun? Mein Handy melodiert. Auf dem Display sehe ich: Meine Lebensgefährtin. „Na?" „Ich habe dort angerufen." „Und was haben sie gesagt?" „Hier spricht die Polizei." ?????????? „So melden die sich doch immer. Haben sie noch etwas gesagt?" „Ja." Irgendetwas schwang in der Stimme meiner Lebensgefährtin mit, was mich beunruhigte. Nunmehr gereizt zurück. „Was denn?" „Wir sollen Ibu abholen." „Wir sollen Ibu abholen? Von wo?" „Von der Polizei." „Wieso von der Polizei?" „Weil er dort ist." „Wie kommt Ibu denn zur Polizei?"

Man hat ihn dort abgegeben. Der Polizist meinte, Ibu fühle sich auf dem Revier offenbar sehr wohl. Er sei nicht sicher, ob Ibu so ohne weiteres mit uns mitgehen würde.

Ende gut, alles gut. Ich musste noch 30 Minuten zurück zum Auto gehen, wo mich Marita erwartete. Dann zum Revier. Ibu wartete mit einer extrem wackelnden Rute im Eingang, als er uns draußen sah. Gleich vier Polizisten kamen in das Foyer der Polizeistation und verabschiedeten sich von ihm. Ibu hatte sich im Holter Wald zu zwei Artgenossen gesellt und als er nicht von seinen Hunden ablassen wollte, hatte der Waldspaziergänger kurzer Hand Ibu mit in seinen Kombi gepackt und dankenswerter Weise bei der Polizei abgeliefert. Leider hatte sich die Dienst habende Polizistin die Adresse des Finders nicht geben lassen.

Anmerkung zu dieser Geschichte:

Die auf der Wache beteiligten Polizisten hatten während des zweistündigen Aufenthalts unseres Ausreißers bei ihnen alle ihnen bekannten Ridgeback-Halter im Umkreis angerufen und angefragt, ob ihr Hund ausgebüchst sei.

Von hier aus nochmals danke; sowohl an den unbekannten Hundehalter als auch an die Polizei in Schloss Holte.

Assistance d'éducation

N ein, so geht das nicht weiter. Der Hund muss besser gehorchen. Diese Solo-Einlagen und eigensinnigen Spontansperenzien sind nicht mehr zu akzeptieren. Das ist ja ein Leben auf dem Vulkan. Man zittert ständig und weiß nicht, wann es wieder losgeht. Hand aufs Herz. Hier besteht akute Lebensgefahr für Leib und Leben für Hund und Mensch. Wie aber das Problem lösen?

Natürlich haben wir uns schon länger mit Erziehungsmethoden für Vierbeiner beschäftigt, in Büchern, im Internet, in Gesprächen mit selbsternannten und tatsächlichen Experten. Belohnung und Bestrafung sind zwei Zauberworte, die beim Tier und wohl auch beim Menschen Verhalten steuern. Natürlich gehören auch wir zu der Partei, die das Belohnen als Methode der Wahl wie auf einem Schild vor sich her trägt. Allerdings halte ich es auch für welt- und realitätsfremd, wenn man glaubt, bei einem Jagdhund die Hatzreflexe durch gute Worte, die Kanalisierung der Aufmerksamkeit und Feinkost-Leckerchen auszuschalten.

Guter Rat war hier wirklich teuer. Extrem teuer. Auf die vielen guten Ratschläge möchte ich hier nicht eingehen. Bis auf einen, der von einem guten Freund kam. Der Freund wiederum kannte einen französischen Hundetrainer. Der war im Besitz von besonderen Trainingshilfen. Da ich ihm bei meinem Besuch offensichtlich sympathisch war, lieh er mir eine „ assistance d'education", so nannte er die technische Hilfe wohl. Er gab mir sehr genaue Anweisungen, in welchen Situationen dieses mit einem Sender versehene Halsband einzusetzen sei.

Nein, es war nicht eins dieser berüchtigten Tele-Tac-Geräte. Mit dieser Erziehungshilfe konnte über eine Variation von Piep-Tönen und Vibrationen die Aufmerksamkeit des Hundes erhöht und Verhaltensneigungen reduziert werden. Der bei Ibu zweifellos Stutzen und Erstaunen hervorrufende Vibrator wurde dreimal gezielt im Tierpark eingesetzt. Wenn das Damwild hinter dem Zaun davon preschte und Ibu ansetzte, zumindest bis zum schützenden Zaun zu einem Spurt anzusetzen. Das klappte auch, als wir auf freiem Feld gemeinsam eine Feldhäsin entdeckten und Ibu durch den Vibrator stutzte, dann das Häschen aufmerksam davon rasen ließ. Offensichtlich mit dem Gedanken: „Wenn ich wollte, könnte ich Dich schon zum Schwitzen bringen." Die Wildbegegnungen sind auch nicht länger Feindberührungen. Ibu sitzt dann ruckzuck ab und beobachtet den Waldbewohner aufmerksam, sehr aufmerksam.

In der Kirche

Wenn Sie nach Bielefeld kommen, werden Sie erstaunt sein wie schön es hier ist. Landschaftlich werden Sie vom Teutoburger Wald ebenso angenehm überrascht sein wie von der Senne. Das gilt gleichermaßen für die vielen Sehenswürdigkeiten wie auch für die ostwestfälische Freundlichkeit, auch wenn sie nicht sprichwörtlich ist. Früher hatte ich beruflich in den Metropolen des Rheinlandes zu tun und habe nicht vergessen, wie oft ich wegen meines Wohnorts in der Provinz angepflaumt wurde. Stets hatte ich natürlich eine ganze Liste von Erwiderungen parat. Gern zog ich den Trumpf, dass wir im Gegensatz zu den Metropolen in Bielefeld eine Kirche haben, die atmosphärisch und zugleich kulinarisch ein Kleinod ist.

Unsere Martinikirche hat sich zum Restaurant „Glück und Seligkeit" verwandelt und ist in vielerlei Hinsicht extrem empfehlenswert. Wir sind dort häufiger zu Gast: zum Essen, zum Event oder auch nur zum Kaffee mit einem kurzen Blick in die Tageszeitung. Ibu ist ebenfalls stets willkommen.

Frequentiert wird die Kirche auch von einem älteren Herrn, der dort täglich gegen 15 Uhr eintrudelt, und sich grundsätzlich bei einem Glas Wein die Frankfurter Allgemeine Zeitung zu Gemüte führt. Unsere Interessen kollidieren gelegentlich, wenn ich so gegen 16 Uhr dort aufkreuze. Dann hat er die Zeitung längst ausgelesen, allerdings liegt sie immer noch auf seinem Tisch, obwohl er mittlerweile mit Altersgenossen über das Weltgeschehen parliert. Ich trete dann behutsam an seinen Tisch, frage höflich, ob ich zumindest den Wirtschaftsteil an mich nehmen dürfte. Mit einer großzügigen Geste gibt er mir dann die gesamte Ausgabe und kommentiert die Übergabe regelmäßig mit de Bemerkung: „Auch heute habe ich dort wieder keine Heiratsangebote junger Frauen gefunden." Ich bedanke mich dann und marschiere mit der Zeitung und Ibu zum Chor des Restaurants.

Neulich allerdings war es anders. Ich war vor dem alten Herrn in der Kirche und hatte die Zeitung schon lange durchgesehen. Er betrat das Kirchenschiff und da die Tageszeitung im Eingangsbereich nicht dort lag, wo sie in der Regel liegt, war er irritiert. Ich bemerkte dies und wedelte mit der Zeitung, sodass er mich sah. Mit schleppenden Schritten bewegte sich der ältere Herr langsam durch das Hauptschiff auf mich zu, um sich die Zeitung bei mir abzuholen. Ibu lag schlafend, halb auf meinen Füßen vor mir.

Ibu ist ein Gefährte, der im Prinzip sehr ruhig ist. Er „redet" wenig. Es mögen die sich langsam nähernden Geräusche des alten Herrn gewesen sein, es mag auch an seiner dunklen Kleidung gelegen haben, vielleicht auch am heute unrasierten Antlitz. Der alte Herr hatte gerade die erste der fünf Stufen zum Chor genommen, war noch ca. drei Meter von uns entfernt und streckte schon langsam die Hand aus, um die FAZ entgegenzunehmen als Ibu im Bruchteil einer Sekunde auf seinen Beinen stand und ihn anblaffte. Wenn Ibu schon einmal bellt, zuckt jeder zusammen. Und jetzt in der Kirche. In einem Raum, in dem es stark hallt und man gut „zu Wort" kommt. Der alte Herr erstarrte zur Salzsäule; wir hatten die Aufmerksamkeit aller Gäste. Das Bellen war schlichtweg eindrucksvoll und niemand konnte sich dem entziehen.

Aber Ibu ist ja ein braver Bursche. Auf meine Bitte hin machte er sofort sitz. Ich konnte ihn schnell beruhigen, dem alten Herrn die Zeitung überreichen und anschließend zusammen mit Ibu meinen Gedanken am vertrauten Ort freien Lauf lassen.

Als wir die Kirche verließen, kam ich mir allerdings wie im Zirkus vor. Alle Gäste verfolgten unseren Abgang durch das Hauptschiff, interessiert und der eine oder andere durchaus schmunzelnd.

Ein Kontakt mit Nachhall

Heute geht es in Richtung Steinhagen. Da gibt es ein ausgedehntes Gebiet, das von der Natur her recht abwechslungsreich ist. Mischwald, Nadelwald, Birkenhaine, Felder, Wiesen. Hier schlängelt sich der Lichtebach durch die schöne Natur. Aus der Ferne grüßt der Teuto. Dieses schöne Stückchen Erde war früher sozusagen auch Feindesland. Unsere Touren hier führten recht häufig zu Kontakten mit Hasen, Rot- und Schwarzwild, Rebhühnern, Fasanen oder Feldmäusen. Allerdings ist das Feindesland ja zu Freundesland mutiert, auch wenn es Ibu immer viel emotionale Disziplin abverlangt, bei solchen Kontakten standhaft zu bleiben und seine Jagdreflexe zu kontrollieren.

Heute ist alles easy. Die Sonne scheint und wir marschieren stramm auf einen vertrauten Waldweg zu, der auf eine Kreuzung führt. An dieser Stelle ist das Unterholz recht dicht, sodass wir sie nicht sofort sahen, die zwei: Eine junge, nette Frau mit ihrem vierbeinigen Begleiter. Sie war hübsch, der Hund an der Leine eher zauselig, durchaus struppig. Die Leine war für mich das Signal, Ibu am Halsband festzuhalten und ggf. auch anzuleinen. Wir grüßten uns freundlich. Der Struppige an der Leine musterte uns mit relativ scharfem Blick. Mit dem Anleinen zögerte ich letztlich und fragte die Nette, ob es sich um ein Mädchen oder einen Jungen handelt. „Ein Mädchen", kam zurück. „Na, dann können wir sie doch laufen lassen?", fragte ich. Weil das in der Regel zu einer entspannteren Situation führt. Ibu unternimmt dann oft den Versuch, sein Vis-à-vis zum Spielen oder Jagen zu animieren. Manchmal klappt das, oft auch nicht, weil der Kompagnon zu träge oder zu alt ist oder schlichtweg keinen Bock hat. Ich unternehme einen letzten Versuch. „Die zwei könnten doch ein wenig toben?" „Nein", sagte die Hübsche, „das ist eine Straßenhündin, die kann nicht spielen. Sie musste sich stets behaupten und ums Überleben kämpfen." „Ok, tschüss".

Einen Augenblick bleibe ich stehen, weil ich sehr nachdenklich geworden war. „Ibu, du hast es doch gut".

Zeitfracht Medien GmbH
Ferdinand-Jühlke-Straße 7
99095 Erfurt, Deutschland
produktsicherheit@kolibri360.de